PARALAXE

RICARDO MURAD

PARALAXE

"O que há de imperdível para se fazer aqui hoje?" Enquanto passa um mês em Montevidéu, com a missão de escrever um guia para o jornal em que trabalha, o belo-horizontino Natan busca se desviar dos olhares comuns entre as ruas da cidade uruguaia. Buscando inspiração e motivação, ele decide escrever um *antiguia*, uma forma de visitar a si mesmo enquanto vive essa vida provisória.

Durante esse mês, ele ficará na casa de Ana, uruguaia que ficará na casa dele, em Belo Horizonte, enquanto faz um curso sobre os rios invisíveis da cidade, rios fantasmas soterrados pelos concretos da moderna capital mineira.

Os dois se desconhecem, e sua relação inicial se dá somente por esse acordo conveniente de habitação provisória. Mas é possível estar na casa de alguém e evitar que laços sejam criados em um ambiente de tamanha intimidade? Entre livros e discos, ainda que de forma não intencional, os dois vão se materializando em forma de expectativas e impressões.

Aos poucos também vão trocando mensagens, às vezes com comentários rápidos e ligações interrompidas. Com o tempo, começam a se explorar mutualmente, como se fossem eles as cidades estrangeiras a serem descobertas. Tornam-se turistas um do outro. E, como qualquer turista, há sempre um balanço entre a saudade de casa e a excitação do novo.

No final das contas, *Paralaxe* serve como um antiguia de nós mesmos, uma reflexão sobre nossas falhas, amores e pertencimentos. É uma narrativa dupla sobre como estar "fora" e "dentro" de casa ao mesmo tempo. Como reflete Ricardo através de sua personagem Ana, o "caminho de volta também é um caminho para frente".

Guilherme Coelho

Em tempos de mar bravo,
toda água afoga,
inclusive aguardente.

1

Foda-se.

Foi o que ele pensou ao ler a mensagem na tela do celular: Viagem confirmada, Montevidéu te espera.

Mais uma missão de merda para este jornal de merda que ninguém lê. Aliás, ninguém lê mais nada hoje em dia.

Qual o sentido em exportar um emissário a um país vizinho com uma encomenda tão ridícula quanto esta? Quem, em sã consciência, teria interesse em ler um guia de viagem de Montevidéu para brasileiros? O que há no Uruguai que não pode esperar? O Uruguai que espere. O Uruguai que se foda.

Tem dias que a vida corta feito um esmeril girando em alta velocidade, preso ao eixo do motor. Navalha na carne, sangue na pele. Escorre feito lágrima e vaza por todos os poros. E se derrama depois pelos tímpanos que filtram tudo, sussurrando ao pé do ouvido a verdade indissociável que ninguém quer ouvir: cada um só escuta o que quer.

Só queria terminar. Só queria acabar logo com aquela insanidade toda e encontrar uma forma segura de voltar para casa – ou algo parecido com a ideia que tinha de casa.

O que, de fato, significa uma casa?

Certamente não é o lugar onde moro, muito menos o lugar onde estou. Aliás, que lugar é este que nos pergunta: onde estamos? Talvez casa seja o lugar que um dia habitei, um lugar que já não existe mais. Pode ser também que casa nem seja um lugar, vai saber.

Foi isso, também, que Natan pensou ao acordar de súbito de uma viagem turbulenta naquela lata de metal com asas, quando o avião aterrissou suave em solo uruguaio. Ou talvez tenha sonhado, não sabia dizer ao certo.

•••

Tutto passa.

Como na foto daquele velho napolitano de olhos verdes e peito em brasa sob o sol. A memória da tragédia, a perda da mãe, a desilusão do amor. Pode até não parecer, mas tudo passa.

Foi o que ela pensou ao embarcar da capital uruguaia com destino a Belo Horizonte, cidade pela qual não nutria nenhum sentimento em especial e onde não conhecia ninguém, mas talvez por isso mesmo estivesse com os batimentos tão à flor da pele, com as veias saltando no corpo. Uma aventura em ferida aberta, distante de cicatrizar.

Não acha nada pouco, nem vislumbra acumular. Não tem amarras nem correntes, mas tem asas. Trata com frequência de se lembrar de querer o que se tem – e, principalmente, o que ainda não se sabe que quer. É difícil precisar, mas vale a pena ir atrás mesmo assim. E viajar, para ela, era como disparar uma flecha ao alvo com os olhos vendados.

Um curso promovido pela Escola de Arquitetura da Universidade Federal de Minas Gerais sobre Rios Invisíveis, soterrados pelo concreto do progresso, pareceu a ela uma metáfora um pouco dura demais da vida em si, mas ainda assim via alguma beleza naquilo. Conseguia ver beleza em quase tudo. Quando fez a inscrição, não fazia a mínima ideia do lugar para onde estava indo, mas estava a caminho.

O que é isso que nos encanta e nos faz sentir vivos? Que faz os olhos pularem pra fora da órbita, latejar o peito em galopes diletantes? Certamente, para Ana, essa coisa era a beleza. Mas não qualquer beleza. Tinha de ser a beleza que a lembrasse que estava viva, atenta ao mundo ao redor.

A vida é mesmo é aquilo que acontece e se transforma nas pequenezas, nos detalhes bordados à mão. Quando repara, já foi. O segredo é seguir vigilante, mas sem medo de se perder: o melhor é ter ideais, nem que seja para perdê-los e sair a procurar por outros.

•••

Natan é fruto de uma vida que lhe deu tudo o que perdeu. Tem a falta tatuada no peito e a memória bastante seletiva: na maioria das vezes lembra pouco ou quase sobre como foi sua infância. Insatisfeito com seu ofício, órfão de um casamento banal, ausente da própria existência e amargurado eterno. Um homem, a princípio, solitário. Sem muitos interesses nem hobbies. As escolhas que fez e faz – como por exemplo praticar esportes insossos como *squash*, passar o domingo todo de cueca no sofá ou nunca ligar para nenhum familiar – o transformaram em uma pessoa egoísta, apática, cínica. Se fosse norte-americano, seria um *loser*. Como é brasileiro, se transformou em um qualquer, uma pessoa que passa despercebida na avenida da vida, mas, contraditoriamente, algumas vezes, chama a atenção. Não tem ambição de realizar nada, mas guarda em si algum tipo de sapiência, algum charme reservado no interior que por vezes se revela. Sente-se, na maioria das vezes, como a piscina vazia que enfeitava o terreiro da antiga casa de sua avó no interior: um adorno frívolo e sem função, pronto para ser preenchido, mas com medo de que a água vaze pelas rachaduras.

Não tem necessariamente paixão pelas coisas, mas sabe que precisa disso pra viver. Sem paixão, sem encantamento, não se vai nem na esquina comprar pão. Ele sabe disso. Sem tesão não dá pé, repete, como um mantra axiomático. De modo que força a si mesmo a se apaixonar por ao menos uma ideia todos os dias. Qualquer ideia, qualquer coisa que o faça abrir os olhos e levantar da cama. Como uma lembrança de uma tarde de verão observando as roseiras em flor com a mãe, um fim de semana no parque, dirigir à noite numa estrada vazia.

Depois do fim do seu casamento, deixou que as coisas fluíssem ao mais completo acaso e começou a seguir à risca os preceitos de uma vida aleatória, se tornando um viajante-errante, no melhor sentido do termo. Queria se converter em uma espécie de *flâneur* moderno, vagabundo errante em busca de qualquer coisa.

Qualquer coisa que faça sentido, que arranque um sorriso ou inicie uma revolução. Queria jogar uma pedra no lago e observar o que acontece. Mas não só isso. Queria tentar absorver as consequências de suas ações. Quem sabe assim não encontrasse o que estava buscando? Focado no essencial e alheio a todo o resto. Mas, afinal, o que é o essencial na vida de um homem? O mínimo irredutível, aquilo que não se pode viver sem? A cachaça, o mar, o sonho? Talvez seja a vontade de seguir em frente.

•••

Após perder a mãe, há três anos, Ana perdeu também a sensibilidade na boca. Na verdade, não foi bem a perda da sensibilidade, mas uma sensação perene de queimação na boca, na língua e nos lábios, que a faz arder por dentro.

Do ponto de vista da razão prática parece não haver outra explicação que não passe pelo viés do trauma psicológico: a dor da perda da pessoa mais amada que se manifesta em outra dor na carne, na mucosa, nas entranhas. Uma aflição silenciosa e muito barulhenta ao mesmo tempo. Uma agonia contínua que taca fogo em tudo e colore o humor em tons alaranjados e os canais sensitivos num vermelho-inferno vívido. Ana viu todos os médicos que pôde e leu todo o compêndio disponível sobre o assunto, além de tentar diferentes tratamentos e até mandingas de toda sorte: bala de gengibre, terapia de ozônio, macumba e por aí vai. Nada. Diagnóstico final: Síndrome da Boca Ardente.

Ela não fala muito sobre o assunto, mas também não passa um segundo sem lembrar. E é brasa pra tudo que é lado. Queima, queima, queima. Provoca incêndios, mas ela não se importa. Trata o tema como uma criança que coloca o dedo na tomada sem fazer a mínima ideia de que pode tomar um choque.

Assim como o Diego de Eduardo Galeano, que pede ao pai para conhecer o mar e, diante de tanta beleza e imensidão, exclama: "Pai, me ajuda a olhar!", Ana quer ver o mundo e aceita apoio de quem quiser ajudar de bom grado.

Como pode uma pessoa perder tanto e seguir sonhando? Onde será que se esconde a verdade que tateia a linha do horizonte? Por que não se revela?

Certamente a verdade não está em nenhum livro, nenhuma tese nem compêndio, em nenhuma matéria de jornal, nenhum curso de arquitetura. Talvez a verdade esteja em beijos em aeroportos, rezas de hospital e muito mais. Ou talvez seja a verdade o próprio horizonte: belo, reto, direto. E distante. Quanto mais distante, mais real.

O que a interessa é aquilo que é ficção e realidade na mesma medida, como uma música inesperada que toca dentro de um táxi no meio da tarde de uma terça-feira e abre um portal para outra dimensão. É um grupo de pessoas sorridentes saindo da missa num domingo de sol. Veja bem: não é a missa, são as pessoas que saem da missa. Aquele era o tipo de sensação que ela buscava para apagar a combustão interna e colecionar as pequenas mortes do gozo lascivo em seus dias. Um segundo só é desperdiçado para quem não sabe ver além da própria prisão do segundo. O que seria do mundo sem as coisas que não são superficiais?

•••

Da janela oval do avião que corta o céu dos trópicos, Ana vê o Belo Horizonte que imaginou nos últimos meses, enquanto planejava sua viagem de Montevidéu para a capital de Minas Gerais. Pensa na mãe e no que ela pensaria sobre aquela imagem que passa rapidamente. Sente a boca formigar e sente falta de algo, de alguém.

Ainda que esteja em um país vizinho, no mesmo continente – a mais ou menos trinta horas de carro ou oito horas de avião de casa –, a paisagem é muito diferente do que ela está acostumada.

Apesar de ter pesquisado e lido artigos sobre a geografia, a arquitetura e a topografia de Belo Horizonte, Ana fica em êxtase e sente um calor súbito subindo pelo corpo ao olhar a imagem desenhada entre as nuvens, lá embaixo. Tem vontade de abrir a janela e mergulhar no véu cor de algodão em queda livre. Quer dormir nos braços daquele desejo infinito e confortável.

As nuvens abrem espaço para os primeiros raios de sol do dia, que entram pelas frestas e fazem reflexo nos óculos escuros de Ana e na janela do avião, iluminando seu rosto em um tom sépia que a fez parecer saída de um filme de Luchino Visconti.

Ela tira um caderno da bolsa e anota:

> 31 de maio, sexta-feira, 07h da manhã, sobrevoando Belo Horizonte.

Qual é a melhor sensação do mundo? A melhor sensação do mundo é pousar em um país desconhecido. Quando as rodas do avião tocam o solo, é como se você subitamente tivesse a certeza de que não morreu. Após horas de voo, instabilidades e eventuais turbulências, você está viva. É uma constatação extremamente óbvia, mas ainda assim reveladora. A segunda melhor sensação do mundo é voltar. Dizem que o propósito de toda viagem é a volta. Não somente a volta para o lugar de origem, mas também para o lado de dentro. O viajante é aquele que está sempre no presente da ação, que subverte a lógica, quebra a ampulheta e tem o poder indescritível de parar os ponteiros do tempo. E é aí que tudo pode mudar. No instante. É preciso sair da ilha para ver a ilha.

Ana pega a Pentax 35 milímetros, aproxima a lente da janela e dispara o obturador para capturar a cena. Busca o celular na bolsa e tira também uma foto com o aparelho, que pensa em publicar no Instagram quando chegar à casa de Natan.

O avião começa a perder altura rapidamente e a paisagem na janela se transforma em pequenas casinhas de tijolo aparente que correm tão velozes que parecem uma pintura impressionista. De tanto tentar fixar a visão naquele filme ao vivo, a sensação de fulgor dá espaço a uma tontura atordoante, que a faz recostar a cabeça na poltrona e fechar os olhos em busca de estabilidade e equilíbrio.

A aeronave pousa no Aeroporto Internacional de Confins, e ela sente um alívio tão absurdo que tem vontade de aplaudir. Ao aterrar, esboça um sorriso enquanto ouve o alerta sonoro e, em seguida, a voz do piloto em português: "Bem-vindos a Belo Horizonte. A temperatura na cidade é de 25 graus e o clima é agradável na capital mineira. Desejamos uma ótima estadia a todos. Obrigado por voar conosco".

Caminha pela ampla área externa do aeroporto em direção ao ônibus que irá levá-la ao centro da cidade e espera na fila, um pouco ansiosa, com a passagem em mãos. Dentro do ônibus, contempla a paisagem de árvores, carros e *outdoors* e pensa que aquilo tudo é na verdade muito parecido com o Uruguai, com Montevidéu – e, ao mesmo tempo, muito diferente. Ela reclina a poltrona, tira os sapatos e estica as pernas até onde dá pé. Coloca os óculos escuros e fecha os olhos. Repetir, repetir, repetir até ficar diferente. O ônibus corta a estrada em direção ao centro da cidade.

•••

O avião de Natan aterrissa no Aeroporto Internacional de Carrasco, em Montevidéu. O interior da aeronave parece um túnel mal-assombrado e mal-iluminado, até que as janelas vão se abrindo lentamente e formam um interessante jogo de luzes, como um teatro que se ilumina antes do começo do espetáculo. Ele está sentado na poltrona do meio, entre uma senhora que dorme na janela e um garoto que tem o rosto iluminado por um videogame portátil, no corredor. Sua cabeça dói e ele estica o corpo sobre o corpo da senhora para abrir a janela à esquerda em busca de algum referencial de civilização.

Natan está com uma ressaca forte e tem os olhos embotados, fundos. Seu semblante parece um lençol amassado e tem a boca seca como a caatinga. Sonha em tomar uma Coca-Cola ou uma água gelada. Pensa em fumar um cigarro. Pensa também na noite anterior à viagem, que passou bebendo cerveja barata e cachaça naquele bar sujo do centro com dois desconhecidos. Coloca o Ray-Ban preto para se proteger da luz que entra pela janela e os fones de ouvido com cancelamento de ruído, a fim de restringir o contato com o mundo exterior. Alcança o celular no bolso e olha as horas: 07h03 da manhã.

É o início de um dia frio de outono em Montevidéu. Frio até demais para o seu gosto. Uma manhã melancólica, mas que ainda assim guarda uma *brisa placentera*, como disse o sujeito careca da poltrona à frente.

Enquanto aguarda a sinalização do comandante para que possa enfim deixar o avião abarrotado de brasileiros viajantes e uruguaios voltando pra casa, Natan abre o WhatsApp e vê na tela duas notificações de mensagem: uma mensagem de áudio de seu chefe e um link enviado por seu amigo Gibi: ouça Cabrera. Quem vai a Montevidéu tem que ouvir Cabrera. Natan ignora a mensagem do chefe e abre o link da música "Viveza", segunda faixa do álbum de Fernando Cabrera.

O comandante libera a tripulação e Natan fica aliviado ao saber que logo irá poder respirar um pouco de ar despressurizado e colorir os pulmões com a fumaça do cigarro. Retira sua pequena mala do bagageiro acima de sua cabeça e aguarda na fila. Quando começa a andar, a música de Cabrera preenche seus ouvidos.

Antes de avistar o portão principal, olha para cima e vê um letreiro colossal em letras garrafais vermelhas: MUNDO, BIENVENIDO A URUGUAY; vira-se para trás e vê outro letreiro: URUGUAY, BIENVENIDO AL MUNDO. Não tinha mais dúvida: mesmo a contragosto, estava em Montevidéu.

Quando alcança o pátio externo acende um cigarro, se detém por um momento e observa o entorno. O Aeroporto Internacional de Carrasco tem uma forma bonita, moderna e grandiloquente, como se fosse protegido por uma espécie de redoma, isolado do mundo. Assim como deve ser o Uruguai, imagina Natan. Ele dá mais um trago vigoroso no cigarro, solta a fumaça espessa e se sente meio tonto.

Ao redor há uma pequena horda de taxistas barulhentos. Um deles se aproxima e diz em espanhol:

– Táxi, amigo?

Natan não escuta por causa da música alta que toca no fone. Tira os fones e diz:

– O quê?

– Brasileiro? Para onde vamos, *hermano*? – o taxista pergunta.

– Avenida 18 de Julio – ele diz, enquanto apaga o cigarro na sola do sapato, joga em uma lixeira próxima e assiste o taxista recolher sua bagagem e colocar no porta-malas do carro.

Apesar do semblante pouco amistoso de Natan, o motorista tenta ser simpático e iniciar uma conversa em portunhol, este que deveria ser o idioma oficial da América do Sul:

– Vem a viagem ou a *trabajo*?

Natan não se sente bem e acha que vai vomitar a qualquer momento, mas ainda assim balbucia:

– *Trabajo*. Sou jornalista e vim escrever um guia turístico de Montevidéu pra brasileiros.

Após um breve silêncio, Natan diz:

– Para o carro!

– Mas...

– Eu vou vomitar, porra! – grita Natan, enquanto abre a janela e aponta a cabeça para fora em busca de ar.

O taxista faz uma manobra arriscada, dá um jeito de encostar o carro na beira da estrada, estaciona e liga o pisca-alerta. Natan sai apressado e, com as mãos nos joelhos e a coluna curvada, vomita na beira da estrada.

Os carros passam velozes e muito próximos do táxi estacionado. O motorista pergunta se Natan está bem e diz que não pode ficar estacionado ali por muito tempo. Ele entra novamente no carro, limpando a boca com as costas da mão.

– Perdão, amigo, estou com uma ressaca fodida – ele diz em português.

O taxista esboça um sorriso entre sem graça, irritado e compadecido, como quem diz: tudo bem, essas coisas acontecem, mas você foi bem babaca.

Para evitar conversar durante o restante do caminho do aeroporto até o seu destino, Natan coloca novamente os fones de ouvido e se afunda no banco do carro. Ao longo do caminho, reflete: na vida você nunca tem duas oportunidades de fazer a mesma coisa. Porque se for a mesma coisa, você não é mais o mesmo. E se você for o mesmo, já não é mais a mesma coisa.

2

O acordo havia sido feito através de um serviço online, uma espécie de site de classificados que permite que uma pessoa troque de casa com outra por um período específico.

Aquele intercâmbio de lares era, na opinião de Ana e de Natan, a maneira mais efetiva de realizar as viagens de maneira econômica, menos impessoal e, principalmente, uma boa oportunidade de conhecer uma nova cidade através do olhar de um morador local, através da sua casa.

Os dois se conheceram virtualmente, trocaram e-mails, acertaram as condições e *voilá*, acordo feito: um mês, um na casa do outro. Ele vai, ela vem; ou vice-versa: depende da perspectiva do ponto de partida.

Todo começo é um deserto povoado por seres flutuantes, objetos inanimados, pensamentos e memórias inventadas. Este é mais um começo entre tantos outros que cada pessoa tem na vida. Um diálogo, ou melhor: um mergulho.

Começar como quem lava a louça com preguiça, mas sem pressa de terminar. Começar para espairecer, não para provar um ponto. Começar pra espairecer. Começar como quem espera na fila do banco, sentado numa praça; como o torcedor que aguarda o momento do gol no estádio de futebol. Começar como quem estende a roupa ou faz carinho em um gato de rua, como quem dá a mão à namorada. Começar para que ninguém fale o quê, nem como, nem quando, alguém deve começar.

•••

O apartamento de Natan, onde Ana está hospedada, fica no oitavo andar de um prédio alto, situado numa esquina na Avenida Afonso Pena, no centro de Belo Horizonte. O apartamento de Ana, onde Natan passará os próximos dias, fica no terceiro andar de um prédio baixo localizado na Avenida 18 de Julio, também na área central de Montevidéu. As condições são perfeitas para ambos os trabalhos.

As mãos dos dois abrem simultaneamente as portas do apartamento um do outro. Ele tem a visão turva, resquício de sua ressaca avassaladora. Ela sente uma pontada nos lábios e um calor insuportável queimar o céu da boca.

A porta de cada um dos apartamentos segue aberta e os dois se deparam com o espaço que irão chamar de casa pelos próximos trinta dias.

•••

Tela em

branco.

Natan sente os ombros pesados, as pálpebras cansadas e a cabeça latejante. Sente também um estalo nos ombros e pensa nos tropeços dos últimos anos. Pensa em como foi ausente com quem lhe é mais próximo, em como foi vil e egoísta. Tem errado bastante, ele sabe. Pensa em como tem olhado para o mundo, como um cachorro que assiste o frango assado girar no forno da padaria. Ao fechar a porta principal que dá acesso ao apartamento de Ana, ele pensa ainda em como pode ser tão egoísta, sendo que a única ideia em que acredita de verdade é a de que, se cada um se colocasse no lugar do outro de modo genuíno e sincero por pelo menos um minuto, um segundo que seja, uma vez na vida, o mundo seria um lugar melhor. Talvez assim não existissem guerra, injustiça ou fome. Talvez não existisse nem a tola ideia de eternidade. Cada um se reduziria à sua própria insignificância e teria consciência do fim. E isso faria com que o miolo fosse mais interessante: a vida só existe porque existe a morte.

Persegue essa ideia desde que começou a formar o seu pensamento crítico na época da faculdade de jornalismo, mas nunca obteve a empatia nem a vontade necessárias para obter êxito nesta tarefa. Gosta, porém, de imaginar que a busca por essa ideia é o que o mantém vivo, como o óleo que lubrifica o motor da vida e faz a engrenagem girar.

Ele deixa a mala de rodinhas de lado e a câmera Super 8mm em cima da mesa da sala. Tira o casaco preto, coloca-o sobre as costas da cadeira e caminha em direção à grande sala de estar margeada por uma ampla janela com cortinas.

O ambiente é familiar e organizado. Natan lança um olhar panorâmico no apartamento e gosta da luz da manhã que entra pela janela criando uma atmosfera agradável em tom rosicler. Caminha até a cozinha à sua esquerda, abre a porta da geladeira e seu rosto é tomado pela luz branco-azulada que sai de dentro da câmara fria.

Busca algo líquido para tomar um dorflex e encontra uma garrafa d'água e quatro cervejas *long neck*. A mão faz um gesto em direção à garrafa d'água, mas hesita e pega uma das cervejas. Caminha até a sala e encontra um abajur prateado e moderno, arqueado de forma côncava acima do sofá de camurça verde oliva. Mesmo com o dia claro lá fora, acende e apaga a luz do abajur repetidas vezes, como se testasse o objeto para ver se funcionava mesmo. Pega um comprimido no bolso e deixa o corpo cair no sofá, apoiando os pés sobre a mesa de centro.

Coloca o comprimido na boca e bebe um longo gole da garrafa de cerveja. Tira o celular do bolso para checar as horas: 08h25. Sente que precisa comer algo, mas o cansaço é maior do que a fome. Decide ouvir a mensagem de áudio de seu chefe e toma outro gole da cerveja. O chefe quer saber como foi de viagem e pede para ele ligar quando puder: queria passar orientações de pauta e enviar uma pesquisa prévia que haviam feito na redação, que seria o documento fundamental para escrever o guia sobre Montevidéu – além de dizer que Natan deveria enviar, todos os dias, ao menos uma lauda, com uma espécie de diário de viagem, para a redação do jornal.

Suspira de raiva e tenta se lembrar de quando e por que diabos havia escolhido ser jornalista. Pega outra cerveja na geladeira e volta à sala. Sentado novamente no sofá, acende um cigarro, inclina o corpo para trás e solta uma longa e densa nuvem de fumaça. Fica ali por algum tempo, olhando com curiosidade e deslumbre a dança orquestrada pela fumaça. O silêncio é confortante e aprazível, e em pouco tempo o apartamento fechado fica tomado pela fumaça do cigarro. Natan se levanta, abre a grande cortina da sala e depois a janela. Com o ambiente ventilado, a fumaça rarefeita é dissipada.

Caminha pelo apartamento com a cerveja na mão e o cigarro aceso preso entre os lábios, de modo um pouco desajeitado. Tira os sapatos e os deixa próximos ao sofá, alinhando um ao lado do outro. Descobre, no pequeno aparador próximo ao sofá, uma vitrola antiga, mas bem conservada. Ao lado da vitrola há uma pequena coleção de discos de vinil antigos e novos.

Abaixa-se e começa a passar os discos com os dedos, um a um, em busca de algo que seja compatível com o clima de sua primeira manhã em Montevidéu. Não conhece quase nenhum daqueles artistas. Vê *Cinema transcendental*, disco de 1979 de Caetano Veloso. Pensa que Ana tem bom gosto. Ele adora aquele álbum e o separa para ouvir em outra oportunidade. Continua procurando com cautela e cerimônia, até que se depara com um disco de Los Olimareños. Na fotografia da capa, dois homens, um de camiseta preta e outro de camiseta branca, estão sentados sobre o tronco de uma árvore. Um deles toca violão e o outro lhe estende a mão em um gesto naturalmente ensaiado. Natan separa também este disco.

Na fila da coleção dos vinis de Ana, logo atrás de Los Olimareños, está *Viveza*, de Fernando Cabrera, que ele tinha ouvido há pouco no aeroporto por indicação de seu amigo brasileiro. Quem vai a Montevidéu tem que ouvir Cabrera, relembra. Separa também este disco e mais alguns outros títulos de música popular uruguaia: cúmbia, candombe, murga.

Abre a tampa do toca-discos e coloca com cuidado o LP de Los Olimareños, duo de música popular uruguaia formado por Pepe Guerra e Bráulio López. O chiado charmoso da agulha ressoa no apartamento e o transporta para outros tempos. Logo nos primeiros acordes da música de abertura do disco, "Ky Chororó",

Natan fica estarrecido. Seu corpo amolece enquanto a letra da canção, escrita na contracapa do álbum, diz:

> Pasa mi río
> Caminito de cristal
> Mi dulce río
> Canto azul que busca el mar
>
> Ta ta upa
> Ky chororó
> Ky chororó
> Ky chororó
>
> Rema que rema
> Palita de igüiratá
> La luna llena
> Medallón en el palmar
>
> Potro del agua
> Canoita que te vas
> Camino que anda
> Hombre, río y soledad

Natan apaga o cigarro e dança leve pela sala, com a capa do disco em uma mão e a cerveja na outra. Seus passos são meio descoordenados, mas têm intenção e bossa. Começa a girar aleatoriamente e aproveita aquele momento até que sua visão é sugada para dentro de um quadro pendurado na parede: uma fotografia em preto e branco com três pássaros pairando no ar sobre o mar agitado. No canto inferior direito, junto à assinatura da fotógrafa, se lê "Punta del Diablo, verano 2001". Ele se detém um tempo e observa a imagem com paciência e genuína admiração. Os pássaros uruguaios voam diferente. Quanta sinergia, quanta graça. Parece que são de outra época, de outros tempos, pensa.

Pronto, estava ali a fagulha de um pequeno fascínio hedonista. Um suspiro de vida que faz com que seu corpo seja tomado por um estranho vigor. Talvez fosse o efeito do dorflex, das cervejas, o rebote da falta de sono ou a empolgação de estar em um lugar novo. O motivo era o de menos, tinha a vontade.

O outono em Montevidéu soava como *O romance luminoso* de Levrero, em que tudo está à espreita, à beira de acontecer, mas nada acontece de fato. Uma daquelas ocasiões em que se deseja muito e pouco se realiza. Se perder nas *ramblas*, se jogar nos parques, beber mate até doer o céu da boca.

Natan pega o paletó, o celular, os óculos escuros, a câmera Super 8mm e decide sair à rua, fechando a porta do apartamento de Ana e cumprindo o acordo que fez consigo mesmo de viver uma vida desprovida de malabarismos ou intenções: deixaria tudo ao acaso.

•••

Ana se detém por um instante no pequeno corredor que separa a entrada da sala principal do apartamento de Natan. A pequena cozinha está à sua esquerda. Antes de fechar a porta de entrada, ela deixa a mala de mão no chão do cômodo de azulejos azul-claros e dá uma olhada no ambiente: uma fruteira redonda sobre a pia, contendo três maçãs, chama a sua atenção.

Tem vontade de explorar o apartamento, mas logo percebe que não há muito para ver. É um espaço pequeno, de mais ou menos 50 metros quadrados, bem dividido e organizado, tudo em seu devido lugar, algumas poucas plantas bem cuidadas.

Caminha pelo corredor em direção à sala, que tem uma grande janela com moldura de ferro pesado e vidro. Fica pensando no motivo de não haver cortinas, se por desleixo, intenção ou necessidade de que a luz externa ilumine o ambiente. A janela tem uma vista semifrontal que permite ver a Avenida Afonso Pena, o Parque Municipal e parte do Palácio das Artes. Ana abre a janela um pouco emperrada e o barulho alto do início da manhã de sexta-feira entra junto com o ar carregado pela fumaça do trânsito. Fica ali por um tempo observando os carros parados no sinal e as pessoas que atravessam a rua na faixa de pedestres e fora dela.

Vira-se para olhar a sala e apoia os cotovelos de modo despojado no parapeito da janela. Analisa a mobília, a decoração e a disposição dos objetos: um colchão sobre um palete de madeira emulando um sofá, uma pequena mesa de centro de madeira, um bar equipado com uísque, cachaça e gin, uma pequena estante com muitos livros e uma pequena TV e uma escrivaninha de arquiteto. Fica feliz ao ver a escrivaninha, mas fica mais feliz ao ver uma bicicleta apoiada na parede. Aproxima-se e vê que há um *post-it* no banco, escrito em português:

> Fique à vontade para usar quando quiser. Belo Horizonte não é a melhor cidade do mundo para pedalar, mas você se acostuma.
>
> Ass.: Natan

Ela ri ao ler aquilo e imagina como seria pedalar por aquela cidade nova de morros íngremes e montanhas impossíveis. Ao lado da bicicleta, apoiada em um aparador de madeira, está uma cópia em menor escala e muito antiga do quadro *Luta com porretes*, de Francisco de Goya.

Vai até a cozinha, pega a mala pela alça, olha novamente as maçãs vermelhas na fruteira e caminha até o quarto, que tem apenas uma cama de casal, uma mesa de apoio ao lado e uma luminária de leitura. É o bastante, pensa. Deixa a mala no chão e se afunda na cama. A luz que entra no quarto faz uma sombra curiosa em seu rosto, cortando-o ao meio. Ela fica ali por um tempo e depois se levanta, vai até o banheiro, lava o rosto e encara o reflexo no espelho. Tira alguns objetos da mala – garrafa térmica, cuia, bomba e erva –, vai até a cozinha e esquenta água em uma chaleira para preparar o mate. Enquanto a água esquenta, aperta o play na música "El tiempo está después", versão de Jorge Drexler, no celular. Em portunhol, envia uma mensagem de áudio a André, arquiteto coordenador do curso sobre os Rios Invisíveis de Belo Horizonte e de quem recebera o convite para fazer a inscrição:

– André, como *estás*? Já estou em terras brasileiras, hospedada na Avenida Afonso Pena. Me ligue. *Besos*!

Ana se move com a destreza de um gato pelo apartamento de Natan. Observa cada objeto, cada detalhe, cada fotografia, cada livro, mas não toca em nada. Encontra sobre a escrivaninha um exemplar do livro *A vida submarina*, de Ana Martins Marques. Se alonga olhando fixamente e com interesse para a imagem da capa: uns tijolinhos de cores variadas e terrosas, alinhados em três colunas verticais. Lembra das casinhas de tijolo aparente, que viu da janela do avião na sua chegada, e sente novamente uma tontura passageira. Abre o livro no capítulo "Arquitetura de interiores" e lê alguns poemas enquanto caminha em círculos pela sala. Os versos têm sabor de memória não vivida. Palavras de uma língua estrangeira com gosto agridoce, estranhas ao seu paladar. Ela degusta cada linha como uma criança que experimenta um alimento pela primeira vez, com curiosidade e espanto. O que fica são fragmentos, palavras soltas e um emaranhado de sentimentos indefinidos: sala decorada pela noite, desejo, xícaras lascadas, o dia que passa puído.

O celular de Ana emite um alerta sonoro agudo. É uma resposta de André, que a convida para ir a um bar que fica no segundo andar do Edifício Maletta, às 7h:

– Ana, querida, que boa notícia! Venha me encontrar à noite, vamos tomar uma cerveja. O bar se chama Lua Nova. Fica bem perto de onde você está hospedada, você vai adorar. Te espero às sete, *besos*!

– Perfeito, já nos vemos – responde.

•••

Natan caminha sem pressa pela Avenida 18 de Julio, firme em seu propósito com o descompromisso e na tentativa de absorver o máximo que a passividade de seus olhos possa absorver. Olha pra cima e se espanta com as plantas verde-musgo penduradas nos postes de iluminação pública, suspensas em grandes vasos de cimento. Vê aquilo e abre um sorriso ao imaginar certa semelhança entre a Avenida 18 de Julio e a Avenida Afonso Pena, em Belo Horizonte, mas não sabe dizer exatamente o que é. Talvez a extensão, a largura, o modo como os carros passam, a placidez com que as pessoas caminham.

Enquanto caminha, lembra de um texto que aparece no monólogo final de um filme que viu anos atrás. É uma adaptação livre, parte do *Tratado sobre a lucidez*, que teria sido escrito no séc. VI a.C., na Caldeia:

> A Justa Lei Máxima da Natureza obriga que a quantidade de acontecimentos maus na vida de um homem se iguale sempre à quantidade de acontecimentos favoráveis. O homem lúcido, porém, esse que optou pela vida com o consentimento dos deuses, tem o poder magno de alterar essa lei. Na sua vida, os acontecimentos favoráveis serão sempre maioria. Porque essa é uma cortesia que a Natureza faz com Os Homens Lúcidos.

Com a história do Homem Lúcido pululando na cabeça, decide que o certo a se fazer seria ao menos tentar esboçar alguma página para enviar ao jornal.

Começando pelo começo, sai em busca de um Mapa de Montevidéu para entender a disposição geográfica da cidade. Ele já tinha visto, obviamente, o mapa digital na internet e até tinha passeado pelas ruas, lugares turísticos e pelas *ramblas* no Google Maps, mas prefere ter um mapa físico em mãos, tocar nas ruas, nas escalas, nas bifurcações, no rio, no mar. Vai até a Plaza de Cagancha e avista o Kiosko Ateneo. A dona é uma velhinha muito magra e com cara de poucos amigos. Natan pergunta em português se ela tem um mapa simples de Montevidéu e vê que se enganou em seu julgamento quando a senhora abre um sorriso e lhe estende um mapa novo em folha. Natan pega sua câmera e filma detalhes do Kiosko, espécie de banca de jornal uruguaia e pergunta o nome da senhora. *Soledad*, ela responde. Ele acena com a cabeça, sorri e segue seu trajeto.

Natan ocupa uma mesa externa no Facal, um dos cafés uruguaios mais tradicionais, localizado na esquina da Avenida 18 de Julio com a Rua Yí, e pede um expresso e uma *medialuna*. Apoia a câmera e o mapa recém-comprado sobre a mesa e contempla o seu entorno. Tira uma caneta BIC do bolso do paletó e escreve algo em sua caderneta.

De volta à casa, abre o mapa de Montevidéu sobre a mesa da sala e olha atenciosamente cada caminho, trilhando os percursos com a ponta do dedo indicador. Dedica algum tempo a essa tarefa e circula em vermelho pontos da cidade que deseja visitar mais tarde, mas seu corpo dá sinais de que ele precisa descansar: as costas doem, os olhos estão pesados e arenosos.

Decide deixar o mapa para depois, desfaz rapidamente a mala, organiza as roupas no compartimento do armário que Ana havia reservado para ele e deita na cama. Dorme a tarde inteira, feito uma pedra, e acorda somente às dez da noite. Levanta meio trôpego, vai até a cozinha, bebe um copo d'água da torneira e dorme novamente até a manhã seguinte.

•••

Ana entra no elevador, aperta o "T" e desce para caminhar um pouco pela cidade desconhecida. Faz um frio estranho e venta bastante, o que a faz caminhar com os ombros eriçados e as mãos no bolso do casaco, com velocidade, subindo a Rua dos Guajajaras em direção à Rua da Bahia. Na Praça Afonso Arinos, vê algo curioso. É um monumento retangular de ferro com a inscrição "A minha vida é esta, subir Bahia e descer Floresta". Ana repete a frase em voz baixa, com dificuldade, e não entende completamente o seu significado. Ela espera o semáforo abrir, atravessa a Rua da Bahia pela faixa de pedestres e entra no Café Kahlua. Pede um pão de queijo e um suco de laranja. Quando chega o seu pedido, Ana tira uma foto com o celular e envia para sua amiga Maria: "Meu primeiro café da manhã brasileiro". Termina de comer o pão de queijo, toma o suco, paga a conta no balcão e volta à casa de Natan.

O outono em Belo Horizonte é uma coisa à parte. O céu azul clarinho e opaco se mistura harmonicamente com o mormaço aconchegante como quem diz: vá pra rua, aproveite o dia, sinta o vento, o frio, o calor. Tudo ao mesmo tempo. Quer saber o que as pessoas fazem em Belo Horizonte num sábado de outono ensolarado, por exemplo? As pessoas sentam em botecos com mesas na calçada, reúnem os amigos, pedem milhões de cervejas e conversam ao redor dessas mesas. É o que fazem por horas a fio. Às vezes oito, dez, doze horas. E quando seus corpos estão cansados e suas mentes inebriadas com fofocas importantes, fofocas desimportantes e temas das mais variadas cores, elas se recolhem para curtir sua embriaguez e, posteriormente, suas ressacas plácidas de domingo. É bem sabido que em Belo Horizonte o amor vira remorso. Ou, com efeito, ressaca.

Ao chegar no apartamento, Ana liga a TV que exibe o noticiário nacional, acha que pode ser bom treinar o português. Assiste com atenção à história que está sendo contada no noticiário. A matéria fala sobre uma tragédia causada pelas fortes chuvas que haviam destruído quase por completo uma cidadezinha do interior e deixado várias pessoas desabrigadas. Fica ali um bom tempo trocando de canais de forma aleatória, até que pega no sono contra sua vontade. Quando acorda já está escuro lá fora. Toma um banho quente e se veste para seu encontro com André.

No Edifício Maletta, logo na entrada, Ana pergunta a uma mulher mais ou menos da sua idade, meio gótica, vestida com roupa e batom pretos e maquiagem carregada, em um portunhol esquisito:

– Olá, *sabes donde* é bar Luna Nôva? Lua Nova?

– No segundo andar, à direita – responde a mulher.

Enquanto sobe por uma velha escada rolante desligada, tenta compreender algo daquele lugar lotado de gente de todos os tipos, com bares e restaurantes e lojas e cabeleireiros, tudo acontecendo e funcionando ao mesmo tempo. Ela alcança o topo da escada rolante e escuta alguém chamar seu nome. É André que vem ao seu encontro. Apesar de não fazer muito o seu tipo, Ana acha André charmoso e vê nele um sujeito elegante, talvez formal demais. Eles dão um abraço rápido e ele a convida para se sentar.

– E então, cachaça? – André diz.

– *Porque nó?* – Ana responde e abre um sorriso.

– Ana, que bom que você veio. Achei que talvez tivesse se perdido no labirinto desse edifício – diz André.

– Por um momento, achei que tinha entrado em uma cápsula do tempo. Esse lugar é fascinante. Tem uma energia quase subterrânea – responde Ana, sorrindo.

– Subterrânea, é? Gostei disso. Combina com o tema do nosso curso. – André ri.

– Sim, os rios invisíveis. Estou curiosa para entender como você chegou a esse tema.

– Os rios são metáforas perfeitas, não acha? Algo que existe, mas que a gente não vê por completo. Que molda a cidade e a vida, mesmo quando está escondido. Você sabe que Belo Horizonte tem vários rios subterrâneos, certo?

– Sim, mas nunca parei para pensar neles assim, como metáforas. Me conte mais – diz Ana, curiosa.

– Os rios sempre encontram um caminho. Podemos tentar ocultá-los, aprisioná-los em galerias de concreto, mas eles acabam encontrando uma forma de se revelar. Como no Parque Municipal, você sabia? Existe um rio ali que insiste em se mostrar sempre que chove mais forte.

– E então, o curso vai ser sobre desenterrar essas histórias ocultas?

– Exatamente! – André se inclina para a frente, entusiasmado. – Vamos traçar o caminho desses rios invisíveis, seguir suas trajetórias debaixo da cidade e entender o que eles podem nos contar sobre a maneira como construímos nosso espaço, como convivemos e como nos adaptamos às transformações. Mas também vamos falar das pessoas, das vidas atravessadas por esses rios.

– Eu gosto disso. É como desenterrar segredos. Como encontrar uma camada oculta da cidade que poucos conhecem. Mas me diga, André, o que você espera que a gente descubra nesses caminhos?

– Eu acho que, no fundo, os rios subterrâneos são uma desculpa para entendermos melhor quem somos como arquitetos da nossa própria vida – André diz sorrindo, um pouco enigmático.

– Então vamos explorar as águas, André. E talvez encontrar algo que valha a pena ser trazido à superfície – Ana diz com animação.

Eles se olham por um momento e brindam mais um gole de cachaça. Um silêncio cúmplice se estabelece entre os dois, enquanto o bar ao redor continua fervilhando de vida. Lá fora, a noite de Belo Horizonte se estende.

Os dois seguem ali, falando sobre os dias que virão e sobre arquitetura, política, futebol, arte. As horas se avançam e o dono do bar, um velho de cabelos e bigodes brancos longuíssimos que responde por Leôncio, dada a semelhança com o personagem do desenho animado Pica-Pau, avisa que tem que fechar em breve.

A mesa de plástico branca está abarrotada de garrafas de cerveja e copos de cachaça. Ana e André pagam a conta e descem pela mesma escada rolante velha e emperrada que Ana tinha subido algumas horas atrás. André a acompanha até o apartamento, caminhando pela noite um pouco fria de outono. Ana se despede rapidamente, entre bêbada e sem graça, e entra no prédio.

3

"O que você vê da sua (minha) janela?". Ana acorda às 11h da manhã, um pouco zonza de ressaca, e lê essa mensagem enviada de um número desconhecido, prefixo 55. Deve ser Natan, imagina ela. A mensagem havia chegado no início da manhã, mas só agora ela pôde ler. Gira de um lado para o outro na cama e esfrega os olhos. A dor de cabeça a faz lembrar da bebedeira da noite anterior, sente a cachaça lhe queimar o céu da boca. Olha o celular e vê uma foto de perfil de Natan, sentado no meio fio do que parece ser um aeroporto ou rodoviária, falando no telefone. Acha curiosa aquela imagem com um pouco de metalinguagem.

Abre o tradutor e digita a palavra janela, mas, antes que consiga ver a tradução para o espanhol, recebe outra mensagem: "Qual é o gentílico de Montevidéu?". Ana aproveita o tradutor aberto e escreve também a palavra gentílico, mas não encontra tradução. Fica um pouco irritada por ter que fazer aquela missão toda, ainda mais de ressaca. Joga o celular no travesseiro, vai até o banheiro, faz xixi de porta aberta e lava o rosto. Mais tarde, envia uma mensagem sardônica para Natan: "Quem nasce em Montevidéu é montevideano e quem nasce em Belo Horizonte é belo-horizontino".

Após tomar uma cuia de mate quente e engolir um par de aspirinas, Ana retoma seu estado de espírito natural e sente vontade de aproveitar o sábado para conhecer a cidade. Na janela da sala, seu rosto recebe o sol morno do outono com prazer. Pensa em ligar para André e pensa em ligar para Natan, mas não faz nenhuma das duas coisas. Troca de roupa com a pressa de quem está atrasada para um compromisso inadiável, pega a mochila, a garrafa térmica, a cuia de mate e sai de bicicleta para explorar a cidade.

Com os poemas de Ana Martins Marques frescos na cabeça e uma ressaca recém-curada no corpo, ela se sente bem. Desce a Avenida Afonso Pena no sentido do Terminal Rodoviário e se detém ao ver o fálico obelisco da Praça Sete. É exatamente isso que pensa: que é um monumento fálico e sem graça, mas a praça com seus quatro vértices distintos e quatro vias, duas paralelas e duas perpendiculares, lhe parece curiosa: um lugar de encontros e perdas. Olha o Google Maps no celular e vira à esquerda em uma manobra arriscada para pegar a Avenida Amazonas, sentido Praça Raul Soares.

O dia está azul como o mar do Caribe. Ana desce a toda velocidade a Avenida, o vento nos cabelos, até que para em frente ao Mercado Central. Enquanto olha para a fachada, lhe ocorre um pensamento involuntário: tem dias que a fantasia fica tão insuportável que a única coisa que nos resta é afundar no mar da realidade, uma doce vilã que faz sonhar e acordar da ficção da vida. Sente vontade de anotar esses pensamentos em seu caderno, mas obedece a sua curiosidade afoita, estaciona a bicicleta em um poste em frente ao Mercado e segue em direção à entrada.

Caminha pelos corredores estreitos, mal-iluminados e superlotados do local com a destreza e voracidade de quem procura algo e sabe exatamente onde está – mesmo sem saber. Observa um peixe betta vermelho no aquário que fica dentro de uma loja e pega o celular para tirar uma foto. Antes de apertar o botão redondo na tela, enquanto enquadra a caixa de vidro cheia d'água, seu celular toca. É Natan, que faz uma ligação de vídeo. Ela avalia se quer atender a chamada que pisca na tela do celular. Coloca o fone de ouvido e atende por impulso.

– Você está no Mercado Central? Esse é o meu lugar preferido em Belo Horizonte, você vai adorar! Aí tem de tudo, até erva-mate – diz Natan, na tela do celular.

– Sim! Peguei sua bicicleta, como você disse que não haveria problema.

Enquanto fala com Natan no celular, Ana caminha pelo Mercado Central, onde realmente se encontra de tudo, de animais silvestres até sandálias Havaianas e azeite de dendê. O local está completamente lotado de turistas e de pessoas locais: famílias, amigos, crianças e velhos fazendo a feira, bebendo, experimentando comidas exóticas ou procurando por algo que não sabem que precisam. Um homem esbarra com força em Ana, que olha compenetrada para a tela do celular. Ela pede desculpas educadamente.

– Procure pelo Bar da Lora, tem uma placa amarela acima de uns azulejos brancos. Encontrou? – Natan diz.

A câmera do celular de Ana mostra o famoso bar, cheio de gente conversando e gesticulando de modo exagerado. Natan sugere que ela vá até o balcão e peça uma cerveja e uma porção de fígado com jiló. Enquanto Ana aguarda seu pedido, segue falando com Natan na tela do celular:

– Já me sinto belorizontina.

Ana serve a cerveja gelada e diz *salud* a Natan, enquadrando o copo lagoinha para que ele veja. Prova a iguaria de fígado com jiló e acha o petisco muito amargo para o seu gosto. Apertada entre os corpos no balcão do bar, Ana conta a Natan sobre a noite anterior no Maletta, com André, e sobre a sua nova fixação pelo livro de Ana Martins Marques, que encontrou no apartamento dele.

– Eu também vasculhei a sua biblioteca! *Espaços íntimos*, que está na mesa de cabeceira, parece interessante. Posso ler? – Natan pergunta.

– É claro! Acho que você vai gostar da Cristina Peri – Ana responde e logo depois encerra a ligação de súbito, sem esperar pela resposta de Natan.

Termina de comer e pede a conta. Um rapaz de terno amassado e cara de quem não dormiu se aproxima dela e fala algo que Ana não entende muito bem, mas imagina ser algum tipo de cantada barata. Ela dá de ombros, termina o copo de cerveja, paga a conta e sai caminhando pelo Mercado Central, deixando o rapaz falando sozinho. Fica zanzando pelos corredores por um tempo, até que vê uma porta lateral que dá acesso à rua. Do lado de fora do Mercado, enrola um cigarro com tabaco puro em um papel de seda com muita destreza. Antes de acender o cigarro, um homem a aborda e pede um trago. Ana dá o cigarro para o sujeito e sai caminhando em direção ao local onde havia estacionado a bicicleta, pelas margens do Mercado. Pedala em direção à Praça Raul Soares, caminho oposto ao do apartamento de Natan. A tarde começa a cair.

•••

Natan está sentado na mesa redonda da sala de Ana com uma xícara de café fumegante à sua frente. Ele escreve algumas linhas em seu caderno, que repousa sobre o mapa de Montevidéu. Recosta-se na cadeira e pensa em passar o dia inteiro ali, com preguiça, envolto em pensamentos e passatempos banais, como jogar *Angry Birds* ou qualquer bobagem parecida no celular. E assim ele faz, apesar da bela tarde de outono em Montevidéu. Ele adora a luz vespertina do apartamento dela. Gosta da janela ampla, dos discos, dos livros, da fotografia de Punta del Diablo. Apesar de odiar muito o jornal em que trabalha e mais ainda a missão à qual havia sido designado pelo caderno de Turismo, tenta se lembrar do motivo de ter escolhido se tornar jornalista, sem muito êxito.

Não tinha orgulho de ser brasileiro, assim como não tinha orgulho de muita coisa em particular. O tal ufanismo, para ele, não passava de qualquer razão nacionalista exacerbada, qualquer motivo para mandar as pessoas irem à guerra e morrer por uma bandeira manchada por sangue de todos os lados. Cidadão do mundo? Queria ser turista na própria cidade, descobrir algo de novo com outros olhos. Talvez assim pratique um pouco a tão almejada ideia de empatia e alteridade que sempre ansiou.

•••

É um domingo cinza, nada especial, perfeito para ser desperdiçado entre livros e filmes. Ana e Natan, cada um à sua maneira, desempenham tarefas triviais em seus novos lares temporários: ele passa um café que levou do Brasil, ela esquenta água para o mate que levou do Uruguai; ele lê no sofá, ela lê na cama; os dois assistem a vídeos e séries no computador e no celular, comem bobagens para o almoço; tiram cochilos da tarde. Um domingo como um domingo deve ser.

Quando a luz do dia começa a dar sinais de desaparecer, a solidão e a ansiedade pelos dias seguintes batem na porta da consciência e Ana envia uma mensagem para Natan:

– E você, o que você vê da sua (minha) janela?

Natan não sabe o que responder. Pensa e encara a tela do celular, até que começa a digitar.

– Vejo beleza e melancolia. Vejo uma árvore cujas últimas folhas, presas nos galhos raquíticos, insistem em não cair no chão. Vejo muitas janelas, mas quase nenhuma luz acesa. Vejo um grande *outdoor* descascado e velho. E vejo o silêncio e a calmaria de um país que faz o tempo parar.

Ana se surpreende com a descrição cotidiana e, ao mesmo tempo, filosófica dele. Os dois seguem conversando sobre os medos e anseios do período que irão passar nas cidades um do outro. Natan conta que não faz a mínima ideia por onde começar a escrever o seu guia; Ana fala do seu encanto por Belo Horizonte, mas diz que não sabe se realmente deveria estar ali naquele momento.

O tédio os consome, até que Natan se lembra que no cinema do Palácio das Artes – que fica quase em frente ao apartamento dele –, está acontecendo uma mostra retrospectiva dedicada a Glauber Rocha. O filme de hoje era uma cópia rara de *Terra em transe*, restaurada em 35mm.

– Por que você não vai? – ele pergunta.

Sem muito pensar, Ana coloca um casaco, um cachecol e sai de meias pretas de cano alto e alpargatas para chegar a tempo de ver o filme. Ela atravessa a Avenida Afonso Pena e desce rapidamente as escadas de mármore branco do Palácio das Artes em direção ao subsolo, onde fica o Cine Humberto Mauro. Pega um ingresso para a sessão gratuita, entra pelo túnel escuro em direção à sala, abre a porta e aguarda até que a tela emita alguma luz para que possa escolher o lugar onde irá sentar. Quando começam os créditos iniciais do filme e ela vê que o cinema está quase vazio, se dirige à primeira fileira e senta-se bem em frente à tela, na poltrona do meio.

Natan, motivado mais pelo tédio domingueiro do que pela cinefilia, também decide ir ao cinema. Está a apenas algumas quadras da famosa Cinemateca Uruguaya, na 18 de Julio. Coloca uma roupa qualquer e desce pelas escadas do prédio de Ana. Caminha calmo em direção ao cinema, e, ao chegar, seu olhar se detém na fascinante pintura da fachada, feita para promover o Festival Internacional de Cine de Montevideo de 2017. No mural gigantesco à sua frente vê os rostos de Fellini, Hitchcock, Buñuel e Lucrecia Martel, a quem a sessão da noite era dedicada. Depois de algum tempo petrificado pelo mural, vai até a bilheteria e compra um ingresso para assistir a *Zama*, filme de Lucrecia que começaria em alguns minutos. Antes de entrar, fuma um cigarro e observa a avenida quase vazia, meio macabra e sem graça, tipo um filme de terror. Ele apaga a brasa do cigarro em um poste, joga na lixeira à sua frente e entra no cinema.

Após as sessões, os dois regressam um para a casa do outro caminhando, entre o alívio e a maravilha, prontos para encarar a segunda-feira.

•••

Belo Horizonte e Montevidéu amanhecem preguiçosas, com céus acinzentados e uma poeira marrom meio espessa que paira no ar e machuca os olhos. Apesar disso, Ana e Natan acordam cedo e com energia, gastam o tempo necessário para desempenhar as primeiras tarefas do dia e se preparam para as respectivas jornadas. Ela toma um banho longo, quente e enfumaçado, na temperatura que se faz ovos quentes; ele toma um banho frio e rápido, quase militar.

Natan liga o pequeno rádio portátil de pilha de Ana na cozinha, que está sintonizado automaticamente na Clarín AM580, estação local de Montevidéu, mas ouve, ao longe, uma música indistinta. Fica atordoado. Sabe que conhece aqueles acordes, aquela harmonia, mas não consegue decifrar exatamente o que é. Cola os ouvidos na porta e finalmente percebe que é o tema da Pantera Cor de Rosa tocando em altíssimo volume. Que bela forma de começar a semana, pensa, com ironia e irritação. A música acaba, mas começa a tocar novamente, desta vez mais alta e mais desconcertante. Ele coloca os fones de ouvido com cancelamento de ruído.

Ana recolhe o jornal impresso que chega diariamente na porta de Natan, passa os olhos pelas notícias sem muito interesse, deixa o calhamaço de folhas em cima da escrivaninha e volta para o quarto. Ao olhar para a janela, percebe que um homem a encara de forma intimidadora. Talvez a espiasse enquanto dormia. Sua língua queima novamente e ela engole uma bala de gengibre com a intenção de apagar o incêndio, ou ao menos mitigar o incômodo.

Ana aciona o botão do elevador, mas não espera até que ele chegue ao oitavo andar. São 7h20 da manhã e ela tem algum tempo até o seu encontro com André na Escola de Arquitetura, marcado para as 8h. Prefere descer pelas escadas, lentamente, como quem antecipa o futuro. Tem os cabelos molhados e veste uma calça cinza e uma blusa preta de manga comprida. Carrega uma mochila e sua câmera analógica pendurada, atravessada pelo pescoço em diagonal. Ao chegar no térreo, atravessa a portaria e dá "bom dia" ao porteiro em espanhol. Alcança a rua e sobe a Avenida Afonso Pena em direção à Escola de Arquitetura, que fica a poucas quadras dali, na região da Savassi. Segue caminhando até a Rua Paraíba e procura pelo número 697. Ao ver André em frente a uma construção modernista de concreto armado e vidro, não tem dúvida de que seja ali. Atravessa a rua e vai de encontro a ele, que está conversando com o palestrante do dia, um arquiteto de cabelos brancos e bigode hirsuto. André os apresenta e eles entram no campus.

O auditório onde será ministrado o curso é amplo, com cadeiras azuis e um púlpito sobre um palco em semicírculo. A aula começa pontualmente às 8h, com a apresentação de cada participante e a exibição de vídeos antigos de Belo Horizonte, de quando a cidade ainda tinha seus rios e canais correndo livres pelas vias. Ana sente que serão dias animadores os que estão por vir. A novidade da língua, das pessoas e a avidez por conhecimento enchem seu rosto de felicidade. Ela assiste à apresentação com a dedicação de uma criança no primeiro dia de aula, absorta em gestos, palavras, expressões e conceitos. Aplicada, faz anotações e imerge na história da antiga cidade que acabou de conhecer, que encobriu suas águas com concreto em nome de um progresso que nunca chegou – e talvez nunca chegue.

No intervalo da aula, antes do almoço, ela vai até o pátio externo da faculdade com sua garrafa térmica embaixo do braço e sua inseparável cuia de mate. Senta-se num banco de cimento sob o sol, acende um cigarro enrolado e escreve uma mensagem para Natan: "Falei com minha amiga Maria, ela disse que pode te encontrar à tarde". André aparece com ar desajeitado e pergunta se ela quer almoçar em um restaurante que serve saladas próximo dali. Ela acena que sim, apaga o cigarro no concreto e os dois saem caminhando.

O restaurante é discreto e eles ocupam uma mesa ao fundo, sob um pergolado coberto por trepadeiras dos mais variados tons de verde. O barulho de talheres e vozes ao redor cria um pano de fundo distante enquanto eles conversam.

— Você sempre almoça aqui? — pergunta Ana, o olhar curioso.

— Quase sempre. É perto da faculdade, e a comida não é tão ruim. Mas acho que é mais o costume do que o gosto.

— Você parece ser alguém que gosta de rotina — diz Ana.

— Gosto de segurança, talvez. — Ele dá um gole na água, depois a encara de forma mais leve. — E você? Gosta de fugir da rotina?

— Depende do que você considera "fugir". — Ela inclina a cabeça, desafiando-o de brincadeira. — Pode ser algo pequeno, como almoçar com você hoje, ou pegar um ônibus aleatório e ver onde ele me leva.

— Almoçar comigo é fugir da rotina? — Ele ergue uma sobrancelha, provocando.

— A princípio, sim. Mas nunca se sabe o dia de amanhã — Ana diz, sorrindo meio sem graça.

André sorri de volta, percebendo a leveza nas palavras dela.

•••

Natan encara o mapa à sua frente e tenta entender por onde começar o seu Guia Turístico de Montevidéu. "Que ideia imbecil! Quem precisa de um guia para conhecer um lugar?". Não sente vontade de trabalhar, muito menos de ir à rua, e então começa a emular formas de procrastinação das mais variadas. Serve-se de uma xícara de café quente, toma um gole e acende um cigarro, o tema da Pantera Cor de Rosa ao fundo. Fica ali parado, reparando na fumaça que sai do cigarro e do café. Abre a janela e caminha pelo apartamento sem objetivo. Vai até o quarto e volta à sala com o livro de Cristina Peri Rossi, *Espaços íntimos*, em mãos. Talvez a obra pudesse ajudá-lo em seu trabalho. Checa o celular e vê a mensagem de Ana. Ótimo! Pode ser um bom começo, pensa. Escreve para Maria e os dois marcam um encontro para o fim da tarde.

O tempo passa com a agilidade de um tigre e Natan precisa começar a trabalhar. Encara a tela em branco no computador e a pequena barra vertical preta que pisca intermitentemente. Escreve, em tom de ironia: "O guia definitivo de Montevidéu", mas apaga, e escreve novamente: "Montevidéu: um antiguia para o viajante sonhador". Apesar da poesia ruim, o segundo título até que lhe agrada. Abre o e-mail e envia o título ao seu chefe, no Brasil.

A tarde cai e o reflexo de um sol tímido e dourado invade a sala de estar. Quando Natan se dá conta, já é hora do encontro com Maria. Eles haviam marcado de se encontrar no apartamento de Ana. O interfone toca, pontualmente.

•••

Ana decide ir até o Baixo Centro de Belo Horizonte com o objetivo de tirar algumas fotos, inspirada por fotografias antigas da cidade que foram exibidas naquele primeiro dia de aula e despertaram sua curiosidade. Não quer perguntar nada a ninguém, deseja descobrir os caminhos com as próprias pernas, se perder nos próprios passos.

Ao descer a Avenida Afonso Pena, ela tem uma visão do alto, a cidade envolta em um véu brilhante e empoeirado. O lusco-fusco misturado com as luzes do trânsito, o som dos carros, o movimento das pessoas e o murmúrio constante se misturam em uma sinfonia urbana caótica e acolhedora. Ela observa as vitrines, os vendedores ambulantes, as pessoas apressadas – cada uma vivendo em seu próprio ritmo, imersa em um fluxo que parece, de alguma forma, conectá-las. A cidade a reflete, com suas próprias inquietações e sonhos inacabados, enquanto seus passos ecoam pelo concreto como se algo estivesse prestes a acontecer, mas ainda fora de alcance.

Para diante de uma estátua humana de rua. O homem, pintado de bronze, está imóvel, olhos semiabertos, com uma expressão serena que quase o torna divino, como se estivesse além do tempo. Ana o encara com atenção, tentando captar a linha sutil entre o real e o artifício. A imobilidade do artista parece refletir algo dentro dela – um silêncio interior que contrasta com o caos da cidade. Por um momento, ela se pergunta como seria estar assim, completamente imóvel, em paz com o silêncio, observando o mundo sem participar ativamente. Sente um desejo passageiro de ser aquela estátua, imóvel, mas ainda capaz de atrair olhares. Então, o artista move-se levemente e a magia se desfaz. Ana sorri, deposita uma moeda aos seus pés e volta a caminhar, consciente de que a vida, tal como aquela performance, é feita de movimentos sutis e pausas, de presença e ausência.

Sente fome e decide entrar no Café Nice para comer qualquer coisa. O lugar é familiar, com seus azulejos brancos e azuis e uma decoração *vintage* – que na verdade é antiga mesmo, original da época em que foi inaugurado. Ela observa os detalhes do espaço e pede um pão de queijo e um chá gelado, que o rapaz no balcão tem dificuldade de entender por conta do sotaque dela. Na porta de entrada do café, taxistas e transeuntes falam sobre política e sobre as notícias do dia que chega ao fim. Ela se aproxima e tenta entender um pouco da conversa enquanto come o pão de queijo em pé, apoiada na lateral, mas sem sucesso. Termina de comer, paga a conta e segue em direção ao Viaduto Santa Tereza.

O crepúsculo ilumina os trilhos do metrô com uma luz suave e alaranjada, refletindo um brilho metálico no entardecer de Belo Horizonte. Ana levanta o olhar e vê, em *contra-plongée*, dois jovens equilibrando-se com ousadia sobre os estreitos arcos de concreto do Viaduto Santa Tereza. As estruturas imponentes parecem ainda mais altas contra o céu que começa a escurecer. Os jovens chegam ao topo e, com gestos lentos, abrem os braços, como se estivessem desafiando o horizonte distante enquanto os carros passam apressados lá embaixo, indiferentes ao momento sublime que se desenrola acima.

Impressionada pela mistura de coragem e fragilidade daquela cena, Ana pega sua câmera, prende a respiração e faz o clique, capturando a imagem que parece congelar o tempo. Observa por mais um instante, guarda a câmera e segue seu caminho enquanto a noite cai. Não sente pressa nem vontade de voltar para casa, como se aquele momento tivesse aberto um novo portal de possibilidades, enchendo seu peito de coragem.

•••

Natan atende o interfone e diz que já vai descer. Organiza ligeiramente os objetos e a mesa de trabalho, fecha o computador, pega o maço de cigarro e sai um pouco apressado pela porta de entrada do apartamento. Desce os três lances de escada circulares com corrimão de madeira, abre a porta e vê Maria. Os dois se cumprimentam com um aceno tímido e saem andando devagar, lado a lado, pela Avenida 18 de Julio.

– Por aqui, vamos – diz Maria, apontando a direção que irão seguir. – Primeira vez em Montevidéu? Você vai gostar.

– Não, estive aqui duas outras vezes, mas não me lembro de absolutamente nada.

Maria tem cabelos pretos, curtos e cacheados. Uma estatura mediana que lhe faz parecer maior pelo modo como caminha – passos firmes, quase desafiadores, como se a calçada fosse um palco. Quando vê um garoto vendendo flores na esquina, ela para, compra duas margaridas e coloca uma delas atrás da orelha, entregando a outra a Natan sem dizer nada, apenas um sorriso maroto.

– O que você tem visto nesta cidade? – pergunta, os olhos fixos em algo além dos edifícios, algo que só ela parece enxergar.

– Não sei, acho que vejo algumas histórias que eu gostaria de contar, ou de conhecer – Natan responde, ainda tentando entender a profundidade da pergunta.

– Eu vejo possibilidades – ela diz, com um tom suave, mas firme. – Sempre acreditei que a graça da vida está no cotidiano, nos gestos simples. Maria sorri de novo, aquele sorriso que mistura sonho e pé no chão, como quem sabe que a realidade é difícil, mas escolhe enfrentá-la com ternura.

Enquanto caminham, Maria repara uma frase de grafite político em um muro: "Liberdade é o direito de imaginar". Ela para por um instante, toca a tinta descascada com a ponta dos dedos e fala:

– Gosto disso, mas eu diria que liberdade é também o dever de agir. Porque de nada adianta imaginar se você não faz nada com isso, não acha?

Ela segue abrindo caminho pela rua e dá passagem para uma senhora com sacolas pesadas sem perder o ritmo, sem perder o sorriso. Natan a observa e percebe que cada gesto seu, cada olhar ao redor, revela alguém que vê o mundo com uma mistura rara de idealismo e pragmatismo. Uma poeta libertária que entende a dureza da vida, mas se recusa a ceder ao cinismo.

No meio da via há um obelisco parecido com o da Praça Sete de Belo Horizonte e Natan comenta isso com Maria. Ela dá de ombros. Eles seguem andando pela Av. 18 de Julio até a Plaza Independencia.

Maria acende um baseado com um gesto casual, como se fosse uma extensão natural do seu jeito de ser, e estende o cigarro para Natan. Ele hesita por um segundo, mas então o pega, leva aos lábios e dá um trago longo. Quando solta a fumaça, as luzes da cidade parecem pulsar com mais intensidade, os sons do trânsito ganham uma espécie de cadência hipnótica, quase uma melodia desafinada que embala o caminhar dos dois.

– E o que te trouxe pra Montevidéu? – Maria pergunta, como quem atira uma flecha no alvo.

Natan respira fundo, ainda sentindo uma leve tontura da fumaça.

– Trabalho. Na verdade, o jornal me encomendou um guia da cidade. Mas acho que estou em busca de outra coisa. Não sei dizer.

Maria ri, um riso suave, quase íntimo, e olha para ele de lado, como se estivesse avaliando suas palavras.

– Montevidéu não te dá o que você espera, só o que você descobre. – Ela dá de ombros e puxa outra vez o baseado, jogando a cabeça para trás e soltando a fumaça em direção às estrelas, que mal aparecem no céu poluído.

Natan sente o tempo se dissolver à medida que continuam andando. As ruas passam por eles como páginas de um livro lido apressadamente. Ele fala sobre o guia e sua absoluta falta de vontade de escrevê-lo. Maria apenas escuta. De vez em quando, ela faz um comentário mordaz, como quando passaram por um grupo de turistas tirando *selfies* em frente ao Teatro Solís.

– Eles acham que a cidade está dentro do retângulo da câmera, mas Montevidéu se esconde sempre atrás do que você não vê – murmura ela, com um sorriso enviesado.

Depois de um tempo que parece dobrar sobre si mesmo, Natan nota que estão de volta ao prédio de Ana. As janelas parecem observá-lo, como se esperassem por ele. Já é tarde, as ruas estão mais vazias e ele sente uma fome repentina que se mistura à tontura leve da erva. Passa a mão pelo rosto, sentindo a pele quente, os dedos se embaraçando nos cabelos.

– Acho que vou subir, preciso dormir um pouco – ele diz, meio sem jeito, ainda tentando decifrar quem é aquela mulher ao seu lado.

Maria apenas acena, não diz adeus nem boa noite, apenas sorri, como se tudo já tivesse sido dito. Enquanto sobe as escadas, Natan sente o cansaço se espalhar pelo corpo, mas também um estranho conforto. Pensa nos gestos dela, nas palavras soltas ao vento, mas não consegue formar uma opinião precisa sobre sua figura. Sabe que gostou de andar ao seu lado, de sentir sua presença leve e, ao mesmo tempo, cheia de peso, como se Maria fosse uma bússola apontando para algum lugar desconhecido.

4

> Muitas pessoas pensam, de forma equivocada, que a expressão errar é humano, do latim *errare humanum est*, carrega consigo um sentido acalentador, como quem diz: 'relaxa, acontece...' Quando na verdade isso não passa de falácia, bobagem. Errar é humano vem do 'errante', do caminhante, não de quem comete o erro. Vem daquele que quer descobrir o desconhecido, do que vislumbra. Sendo assim, sonhar é humano. Entenderam?

Foi assim que o palestrante do dia, um arquiteto rabugento e pretenso filósofo de botequim, terminou sua apresentação para um público atônito no anfiteatro da Escola de Arquitetura da UFMG.

Ao final de mais uma maratona de aulas sobre os Rios Invisíveis, Ana decide ir conhecer o Edifício JK, emblemático símbolo da arquitetura moderna mineira, que fica próximo à Praça Raul Soares. Vai andando, porque quem anda sonha melhor.

Ao chegar no famoso prédio, não vê ninguém na portaria. Aguarda e entra junto com um morador, atravessa o saguão e sobe as escadas do térreo que dão no piloti. Ao abrir a porta de ferro, uma ventania descomunal atrapalha seus cabelos e gela suas bochechas. A área de acesso parece uma pista de pouso de aeroporto, enorme, descampada, quase inóspita. Ana escolhe cuidadosamente qualquer lugar para se sentar, uma perna cruzada sobre a outra em forma de xis. Tira seu caderno da bolsa e começa a escrever algo, até que uma gota fina de chuva cai sobre a folha, atrapalhando o entrelaçar das letras e borrando a tinta preta no papel branco. Depois outra gota, mais forte, e assim sucessivamente, até engrossar. Ela usa o caderno para se proteger da chuva e sai correndo em direção a uma marquise estreita. Vira a folha do caderno e recomeça a escrever, em pé:

> Chove em Belo Horizonte, chove em mim. Os dias passam arrastados e o tempo esgueira feito uma cabra que sobe uma colina íngreme: vagarosa, taciturna, certa de que não há outro destino, não há outro caminho senão continuar até o topo. O tempo escorre feito água da chuva em direção a lugar nenhum.

Ana guarda o caderno na bolsa e observa a chuva com a paciência e a leveza de quem sabe que logo vai passar. O piloti do JK é uma obra de arte em si, um monumento esquisito, que esconde festas, casas noturnas e até um parque gráfico no subsolo. Tudo isso contrasta com o entorno em toda sua amplitude: uma espécie de santuário aberto para os amantes de sons urbanos e alguma natureza-morta. Ana bebe um gole da cuia de mate e olha a tarde. A chuva para instantaneamente, como um chuveiro que desliga, e ela desperta de seu devaneio. O zelador do prédio, um homem muito magro de bigode muito fino, se aproxima e diz que ela tem que ir embora dali. Ela fala que entende mesmo sem querer entender, guarda suas coisas e sai pela portaria principal em direção à Praça Raul Soares. Atravessa por um dos corredores internos da praça de formato circular e uma obra de arte gigantesca, grafitada na empena de um dos prédios à frente, chama a sua atenção quando olha para cima.

Seu celular toca no bolso: é André, que a convida para comer pastel no centro e depois ir a um bar que toca chorinho no bairro Serra.

– Ana, você já comeu pastel de queijo? Já ouviu chorinho? – pergunta ele, enquanto sua voz é abafada pelo barulho da cidade que pulsa.

– Ahn? Não te escuto – Ana responde.

– Onde você está? – pergunta André.

– Em uma praça. Raul Soares?

– Ah, sim. Me encontre na minha casa, podemos ir comer um pastel na lanchonete aqui perto e depois te levo em um bar que toca chorinho, um tipo de música.

– Conheço chorinho. Te vejo em cinco minutos – Ana diz, e desliga o telefone, animada.

André está encostado em uma parede na portaria de seu prédio, na Rua da Bahia, à espera de Ana.

Ela chega pouco tempo depois, um pouco ofegante da caminhada, e os dois se dirigem a uma lanchonete na esquina, preenchida por uma luz fria assustadoramente branca. Eles se sentam no balcão e André pede dois pastéis, um de carne e um de queijo. Ana pede um de queijo.

– Você tem que experimentar caldo de cana, Ana.

– Caldiquê? – Ana pergunta.

– Caldo de cana – ele responde, pausadamente, achando graça.

– Ah, sim, claro – ela diz, meio sem graça.

André pede à atendente dois copos de caldo de cana, enquanto Ana morde o pastel de queijo minas quente e assopra a fumaça, quase queimando a boca. Quando chega a bebida esverdeada, André diz, brindando com Ana:

– Caldo de cana, garapa. É extraído da cana de açúcar. A cachaça também é feita de cana, mas esta você já conhece.

– Isto é maravilhoso, muito melhor que cachaça.

Os dois riem, pagam a conta e saem da lanchonete em direção à rua. Tomam um táxi e vão para o Bar da Serra, reduto do samba e do choro de Belo Horizonte, que fica numa esquina movimentada, no alto do bairro.

O local é pequeno e está completamente cheio de pessoas que bebem cerveja em pé e se amontoam em abraços e sorrisos e gestos exagerados. Ana fica extasiada com a música, com o ambiente e com as pessoas. Observa toda aquela atmosfera com atenção e cuidado. Seus olhos percorrem todo o espaço e seu corpo é tomado pela emoção de ouvir aquela música que parece pertencer ao passado, mas está sendo executada bem ali, na sua frente. A música que o grupo toca é "Um a zero", na versão de Pixinguinha e Benedito Lacerda.

Ali se pode encontrar todo um inventário humano, gente de todo tipo: adolescentes, velhos, adultos e crianças no colo de jovens pais e mães. A cena se assemelha a algum tipo de ritual, e o público aprecia com devoção as músicas tocadas por dois violões, cavaquinho, bandolim, pandeiro, flauta transversal e trombone de vara.

André vai até o balcão, pega uma cerveja e volta para perto de Ana. Oferece a ela um copo e aponta para a calçada, para que saiam do bar, de modo que possam conversar um pouco e ouvir a música do lado de fora.

Ana brinda com André, dá um gole na cerveja e acende um cigarro enquanto observa a performance do curioso grupo, que agora toca o tema "Odeon", de Jacob do Bandolim, pela porta lateral do bar. Seus olhos brilham, ela abre um sorriso e estende o copo para que André segure por um momento. Ana pega o celular do bolso, tira uma foto dos músicos e envia a Natan. "Que lindo é o Chorinho!", escreve na legenda da mensagem.

Natan responde rapidamente: "Gibi! Este homem atrás dos músicos é um grande amigo!". Ana recebe na tela do celular a mesma foto que tinha enviado a André, agora com o rosto do homem circulado em vermelho, em segundo plano.

Ela ri e guarda o celular no bolso. Dança de modo tímido, segurando o copo, e observa o semblante tranquilo e ébrio das outras pessoas que acompanham a apresentação. Repara mais no jeito das pessoas do que no show em si, como uma câmera que foca o público em vez da apresentação principal.

Algumas cervejas depois, Ana quer fazer xixi e pergunta a André onde é o banheiro. Ele aponta com o dedo indicador e ela segue pelo estreitíssimo corredor que dá acesso aos sanitários. Antes de chegar ao banheiro, ela tem que passar por uma pequena aglomeração de homens que a olham de maneira constrangedora. Ao chegar na porta do banheiro feminino e ver que está fechada, ela se detém e aguarda a sua vez.

Decide empurrar levemente a porta de metal e, como não vê ninguém, abre a porta completamente e vê um homem de costas, com a bunda de fora, fazendo xixi em pé, as calças abaixadas até os tornozelos. O homem se vira para trás sem esboçar qualquer expressão de timidez e ela vê o rosto de Gibi, amigo de Natan. Ana leva uma das mãos à boca e ri de constrangimento. Pede desculpas e fecha a porta, mas segue de pé na fila do banheiro. Após alguns segundos, Gibi abre a porta e, em um gesto solene de gracejo, estende a mão direita para que Ana entre no banheiro:

– Pode entrar, senhorita. Desculpe a minha indelicadeza, mas o banheiro masculino estava ocupado e eu precisava mijar urgentemente – Gibi diz.

Ana ri, sem entender completamente o que ele acaba de dizer:

– Mas este é o banheiro feminino! – ela fala, com forte sotaque uruguaio.

– Deixemos de lado essas coisas, minha querida. O Brasil é um país que não sabe muito bem respeitar certas regras. Agora o banheiro é todo seu, faça bom uso – Gibi diz em tom de piada, ainda segurando a porta para que Ana entre.

– Obrigada, Gibi – Ana diz.

Gibi aguarda Ana no balcão, que fica entre o corredor estreito e o banheiro. Quando ela passa, ele pergunta:

– A que devo a honra de tão bela figura conhecer a minha modesta graça?

– Você não é amigo do Natan?

– Sim! Aquele *hijo de puta* fugiu com meu dinheiro para o Uruguai! Era para ele estar aqui hoje, aliás – Gibi responde em portunhol.

– Agora ele está no meu apartamento, em Montevidéu. E eu aqui no apartamento dele, por um mês.

– Ana, claro. Natan me falou de você. BH é mesmo um ovo! Um brinde às coincidências nem tão coincidentes assim! – diz Gibi, estendendo um copo cheio de cerveja a Ana.

– Saúde! – ela diz, pedindo licença.

Ana vai ao encontro de André, que a aguarda do lado de fora do bar, no mesmo lugar de antes. Quando ela chega, André coloca um dos braços em volta de seu ombro e a envolve em um semi-abraço tímido. Ela acha aquele gesto estranho e fica um pouco aflita ao ver, entre os corpos boêmios, que Gibi olha para ela com atenção e certa repreensão, desde o lado de dentro do bar. Ana olha para André e os dois se beijam subitamente.

André vai até o balcão e deixa a garrafa de cerveja e os dois copos, dele e de Ana, empilhados um sobre o outro. Volta até ela e a fita com os olhos baixos de bêbado. Ao que Ana fala:

– Vamos embora? – E ele acena que sim.

Na sala do apartamento de Natan, os dois se beijam e tiram a roupa um do outro com velocidade. Ana pega a mão de André e o conduz até o quarto. Os dois se abraçam, agora de forma doce e terna, e adormecem juntos. De alguma maneira, ela sente que está traindo Natan, mesmo que esse pensamento não faça sentido algum, uma vez que os dois nunca tiveram nada, nem muito menos se conhecem pessoalmente.

•••

Quem foi mesmo que disse que o homem, se deixar ao menos uma boa ideia no mundo, já valeu a vida? Natan não se lembrava se era Nietzsche, Sartre ou qualquer outro existencialista, mas sabia que ali existia uma verdade que valia a pena perseguir. Uma verdade quase absoluta. A maior herança que alguém podia deixar pra posteridade era esta: uma boa ideia. Essa boa ideia, pra ele, era algo como a tentativa ou a possibilidade de se colocar no lugar do outro, caminhar com outros sapatos. Já a utopia máxima era viver a vida do outro. Como seria estar em uma carne e em um pensamento que não é o seu, nem que fosse por um minuto? Persegue essa ilusão como um *cowboy* persegue o gado em disparada em pasto aberto, com o laço na mão e o coração saltando na boca.

Pensa fixamente em seu ofício e lembra daquela que talvez seja a força motriz para se tornar – ou ao menos tentar – ser jornalista: *O outro*, do polaco Ryszard Kapuscinski. Aquilo sim era algo digno de se deixar para o mundo, afinal "o outro somos nós". Passos que ficam, rastros.

Imbuído desses pensamentos e inundado por alguma força divina, Natan costura seu antiguia de Montevidéu em uma espécie de pesquisa de campo com abordagem documental, inspirada também em algo que havia visto em um documentário francês daqueles que não se fazem mais. A exemplo da obra, ele decide implementar um método pouco ortodoxo que consiste em sair pelas ruas à deriva, perguntando aos transeuntes se eles são felizes.

Com o gravador portátil em mãos, Natan decide usar a pergunta que havia enviado a seu chefe por e-mail alguns dias atrás, mas que ele não tinha respondido: "O que há de imperdível para se fazer aqui hoje?".

É uma tarde fria e azul em Montevidéu, e as ruas da *Ciudad Vieja* estão quase vazias de turistas, somente com alguns poucos comércios locais abertos, bares e *coffeeshops*. Natan aborda a primeira pessoa que encontra: uma senhora de cabelos brancos e óculos escuros que veste um sobretudo preto. A senhora responde que aquele lhe parece um bom dia para ficar em casa na companhia de seu cachorro e de seus livros, ou uma boa ocasião para ver um filme no sofá da sala. Ele segue a missão e se aproxima de um casal de jovens ricos, loiros e bonitos que passeia com o bebê recém-nascido. O casal responde que tomar mate ao sol e passear pela cidade com o filho é a melhor coisa que poderiam fazer naquele dia.

Natan segue o seu périplo e entrevista um jovem que fuma um cigarro sozinho embaixo de um toldo verde. Ele pergunta, sem se apresentar nem falar oi: "O que há de imperdível para se fazer aqui hoje, em Montevidéu?". O jovem o encara, joga o cigarro no chão e sai andando, olhando fixamente para os olhos de

Natan. Após muitas entrevistas, algumas bem e outras malsucedidas, Natan se sente cansado e pensa em uma das respostas que obteve: "Nada". Decide ir até a orla da cidade para ver o pôr do sol, mas antes entra em uma loja de artigos relacionados à cultura canábica, pensando em comprar cigarros. Avalia rapidamente e vê que o local não vende cigarros, e então pergunta à atendente onde conseguiria comprar uma cuia de mate pelas redondezas. A atendente, muito solícita, responde que na esquina havia uma loja que deveria ter esses produtos. Natan continua, meio sem graça:

– Tem maconha?

– Não, senhor, o comércio de marijuana é proibido no Uruguai – responde a atendente, impaciente.

– Você sabe onde posso encontrar?

– Não sei, sinto muito.

Natan agradece, arrependido de ter feito a pergunta, e sai pela porta de vidro da loja. Caminha alguns poucos metros e vê um *kiosko* aberto. Se aproxima e pede um maço de Marlboro Light. Ao ver a loja que a atendente havia indicado, entra e compra alguns apetrechos para tomar erva-mate, apesar de nunca ter apreciado o hábito e muito menos o gosto daquela erva. Pensa que seria um bom *souvenir* do Uruguai.

Caminha pela região quase inóspita da zona portuária, com muitos casarões abandonados e fábricas desativadas. Lamenta não ter levado consigo sua câmera Super 8mm. Atravessa um amplo gramado, chega até a orla e vê um grupo pequeno de pescadores lá embaixo, o sol começando a se pôr no horizonte. Natan senta-se na mureta de cimento que dá para o mar, acende um cigarro e fica ali um bom tempo sendo cúmplice da cena dos pescadores, que dura até o sol se pôr completamente no infinito. Sente alívio, tranquilidade e uma sensação de paz que há muito tempo não sentia. Antes de levantar-se para ir embora, arremessa a bituca do cigarro nas pedras, respira fundo e sussurra: *Ufa*!

Decide voltar para casa caminhando pelas ruas escuras de luzes amareladas da zona portuária e ouve ao longe o som de atabaques. Imagina que aquele é o som do famoso candombe uruguaio. Em uma esquina da *Ciudad Vieja*, ele vê uma fogueira que parece ter sido acesa recentemente e solta uma fumaça preta e espessa, com cheiro de óleo diesel. Em um muro de chapisco, logo acima da fogueira, uma frase pichada em letras verdes garrafais chama a sua atenção: *lo que importa es el viaje, no el destino*. Pensa em Guimarães Rosa e sente uma repentina e passageira saudade de casa pela primeira vez. "A coisa não está nem na partida nem na chegada. Está é na travessia". Abre um sorriso bobo, tira o celular do bolso, tira uma foto e envia a Ana.

Segue o caminho todo de volta com aquela frase na cabeça e se lembra de um vídeo antigo em que Leminski discorre sobre pichação e graffiti para alunos de alguma faculdade. Uma verborragia sem fim que se vale do conceito do panóptico para teorizar sobre a condição de aprisionamento causada pelas cidades, ilhas de sonhos interrompidos. Para Leminski, aquela tinta jogada na parede de forma despretensiosa era algo como uma tatuagem na pele da cidade. Ferida não cicatrizada, pronta para verter sangue, poesia e gritar: liberdade! Talvez Maria estivesse certa e liberdade tenha mais a ver com ação do que com imaginação. Natan assinava embaixo, tanto na tese de Maria, quanto na de Leminski.

Ao se aproximar de casa, subindo pela 18 de Julio, Natan vê, poucos metros à frente, a figura de Maria, encostada com uma das pernas apoiadas na parede do prédio em forma de "V". Ele se surpreende ao vê-la e se detém por um momento, mas segue com o passo lento, pensando no que iria dizer a ela. Na porta do prédio, Natan fala, fingindo surpresa:

– Maria! O que você está fazendo aqui?

– Vim te buscar, vamos a uma festa.

– Estou um pouco cansado, não sei se é boa a ideia. E ainda tenho que escrever algumas páginas para o jornal.

– Bobagem, vamos logo, vai ser genial! Vou te apresentar alguns amigos.

– Tá bem, mas tenho que tomar uma ducha rápida – ele diz, abrindo a porta do prédio e dando passagem para Maria.

Na sala do apartamento de Ana, Natan diz para Maria ficar à vontade, que não iria demorar. Não havia com o que se preocupar, ela conhecia aquele apartamento melhor que o seu próprio, ficaria, sim, à vontade. Ela tira os sapatos e os deixa em um canto da sala, vai até a cozinha, serve-se de uma dose de uísque sem gelo e volta para a sala. Pega o disco *Cinema transcendental*, de Caetano Veloso, que Natan havia separado, coloca na vitrola e aumenta o volume. Senta na poltrona ao lado do sofá e acende um baseado. Natan volta à sala de cabelos molhados e diz que está pronto. Maria dá um salto, animada, e fala em portunhol galhofeiro:

– *Dale*, brasileiro, vambora então!

Os dois chegam ao local da festa, na casa dos amigos de Maria: um charmoso *rooftop* de um sobrado no *Barrio Sur*, onde funciona um café embaixo. A festa está cheia e as pessoas falam alto e ouvem cumbia. Maria logo se envolve em conversas com seus amigos e apresenta Natan, dizendo que ele é jornalista e está na cidade somente por alguns dias. Ela diz que está cuidando dele, e todos riem, menos Natan, que parece realmente cansado e sem paciência para interações.

Natan pega uma cerveja, encosta no parapeito da varanda e *mira* a rua escura lá embaixo. Ele se vira para olhar a festa e vê Maria no meio de uma roda, beijando uma amiga na boca enquanto dança sensualmente e ri muito, movendo o corpo divertidamente. Natan sai andando em direção à parte interna do apartamento, em busca de outra cerveja. Maria vai atrás dele, se aproxima e fala em seu ouvido:

– Venha, quero te mostrar um lugar.

Maria leva Natan até o Bar Del Cebador, que fica entre as ruas Maldonado e Paraguay, a poucas quadras do lugar da festa. O bar está completamente vazio e pouco iluminado. As horas já estão um pouco avançadas e os dois se sentam em uma mesa próxima à janela que dá para a rua. Natan gosta da atmosfera e do clima do lugar. Pensa que colocaria, sem dúvida, aquele bar em seu antiguia de Montevidéu. A música aumenta e, das caixas acústicas, ouve-se o som de Los Olimareños, seus novos conhecidos. Ele diz a Maria que ouviu o duo em seu primeiro dia em Montevidéu, em um disco de Ana, e que adorou. O dono do bar, Jorge, um homem de cabelos brancos e esparsos, magro e com postura encurvada, chega até a mesa e diz:

– Uísque?

– Jorge, que genial te ver! Este é o Jorge, meu grande amigo e também grande amigo de Ana – diz Maria, apresentando o velhinho a Natan.

– *Mucho gusto* – diz Natan, cordialmente.

– Vou buscar as bebidas – diz Jorge.

– Para mim pode ser uma cerveja – diz Natan.

– Jorge não serve cerveja a esta hora. Só uísque, certo, Jorge? – diz Maria, rindo.

– Sim, uísque com gelo – diz Jorge, afastando-se.

– Este é o bar preferido de Pepe Mujica em Montevidéu, sabia? – pergunta Maria.

Jorge retorna com uma bandeja, três copos altos com duas pedras de gelo em cada e uma garrafa de uísque doze anos. Os três seguem noite adentro conversando sobre a antiga Montevidéu e sobre política brasileira, uruguaia e norte-americana. E também sobre arte, poesia, música e muitas outras coisas.

Natan está bêbado e animado. Ele vai até o banheiro, faz xixi e, antes de voltar à sua mesa, para no grande balcão vazio do bar e liga para Ana: queria dizer que estava feliz por conhecer Jorge, o bar e Maria. Queria dizer que se sentia em casa. Ana não atende à ligação e Natan retorna à mesa.

Maria diz que é hora de ir, se despede de Jorge com um beijo no rosto e sai puxando Natan pelas mãos. Os dois param em frente a porta de entrada do bar:

– E a conta? – pergunta Natan.

– Não se preocupe – responde Maria, dando um beijo em Natan.

Os dois saem andando bêbados pelas ruas do *Barrio Sur*, até que chegam ao prédio de Ana. Maria pergunta se ele não vai convidá-la para subir. Ele diz que sim com um aceno de cabeça.

Eles entram no prédio e Maria toma a frente e puxa Natan pelas mãos. Em vez de subir pela escada que dá acesso ao apartamento, Maria conduz Natan para uma porta dos fundos e o joga na parede. Os dois transam em pé, com a urgência de dois animais. Ao terminar, ela fecha o zíper da calça dele, dá um beijo em seu rosto e sai pela porta principal do prédio, sem dizer nada.

5

Pergunte a um patafísico: o que é um buraco? "É uma ausência rodeada de presenças", ele provavelmente irá responder. Um fantasma é, com efeito, um buraco. Na psicanálise, o atravessamento do fantasma é a porta que abre a passagem para a libertação, por assim dizer; para o fim de um ciclo da análise. A partir dessa concepção, inventa-se o dispositivo do passe, para tratar de dissipar a sombra espessa que se insere nesta passagem. Um passe que, antes de ser fim, talvez incite novos começos. E sair do lugar sempre é um começo.

Natan era fiel à psicanálise, Ana também. Gostavam daquele jogo de descobrimento. Para os dois, no entanto, a terapia era como usar a espada e o escudo ao mesmo tempo. Se dedicavam a entender – ou pelo menos tentar – seus fantasmas individuais e coletivos, egos, superegos, cada um à sua maneira.

Após muitos anos, Natan decidiu por conta própria atravessar o portal de seus fantasmas e pôr fim ao processo analítico, apesar de reconhecer que algo seguia gritando internamente. Ana trocou o divã de veludo pela tela do celular e achou que o novo formato era bem melhor com a segurança da distância.

Ele precisava se habituar a um novo mundo onde os espectros de sua mente pareciam mais reais do que nunca. No passado, encarava seu analista como uma espécie de farol na escuridão, mas as sessões presenciais, intensas e reveladoras, haviam se transformado em um eco distante, perdido nas conexões digitais e na frieza das chamadas de vídeo. Não fazia mais sentido. Sentado no sofá de Ana, ele observava seu reflexo na janela do apartamento, as luzes da cidade criando um jogo de sombras que o fazia questionar onde terminava a realidade e começava a ilusão.

Ana, por outro lado, se encontrava em um equilíbrio instável entre a liberdade e a prisão de suas sessões virtuais. A tela do celular, um escudo fino e brilhante, permitia que ela enfrentasse seus medos e culpas com uma coragem que antes lhe faltava no divã. O leão na sala, como ela mentalmente chamava seu analista, rugia menos ferozmente quando confinado àquele pequeno retângulo luminoso. Mesmo assim, a distância não diminuiu a profundidade das questões que ela trazia à tona.

Os dois trocavam mensagens que evoluíram para conversas mais profundas sobre seus processos de análise, medos, sonhos e o estranho conforto encontrado nas palavras um do outro. No início, as conversas eram simples e tímidas. Apenas um aceno digital. Natan mandava mensagens curtas, cheias de silêncios implícitos entre uma palavra e outra. "Como foi o seu dia?", ele perguntava, sem muito esperar além de um "foi bem, e o seu?". Mas Ana, com sua inquietação, sempre acrescentava um detalhe inesperado.

– Meu analista disse que eu sou uma contradição ambulante – respondeu certa vez, de repente, quase sem aviso.

Natan sorriu ao ler aquela frase no meio da tarde.

– E você concorda? – ele provocou, curioso.

– Concordo, mas isso não significa que eu tenha aceitado ainda – respondeu ela, de forma provocadora.

Com o passar do tempo, as mensagens começavam a ganhar densidade, como se eles estivessem, sem perceber, escavando mais fundo a cada novo toque. Ana contava que se sentia presa em sua própria pele, como se sua análise fosse um mapa onde as estradas nunca levassem a um destino claro.

– Às vezes, acho que estou fugindo de mim mesma, você entende? – ela perguntou.

Natan entendeu imediatamente.

– Entendo, sim. Parece que estamos sempre correndo em círculos, não é? – ele respondeu, sentindo uma afinidade inesperada com aquelas palavras. – Talvez seja isso. Talvez esse processo todo seja um modo de aprender a correr com mais propósito – completou.

Ana respondeu depois de alguns minutos, mas parecia que havia passado uma eternidade.

– Ou de aprender a ficar parada – ela disse, e essa resposta ecoou na mente de Natan.

– Parada, esperando o quê? – ele pergunta.

Ana riu sozinha, do outro lado, pensando em como uma frase tão simples podia parecer tão íntima.

– Esperando coragem para se mexer de novo, talvez. Ou para nunca mais precisar – ela responde, deixando a resposta em aberto, como um convite para uma nova troca.

Os dois se provocavam, desafiavam, compartilhavam as confidências mais cruas. Falavam sobre seus medos – o de Natan de perder o controle, de nunca encontrar um lugar onde realmente pertencesse; e o de Ana de ser devorada pelas expectativas, de perder-se na ideia de quem deveria ser. Mas também trocavam risos e pequenas alegrias, como o fato de ambos preferirem dias nublados e o som da chuva batendo na janela.

– Parece que a chuva limpa o que a gente não consegue –Ana escreveu um dia.

– Ou pelo menos faz parecer menos sujo – Natan completou.

A cada mensagem, iam descobrindo novos recantos em suas mentes, em seus corações. A distância física parecia diminuir – havia uma proximidade ali, uma intimidade construída nas palavras digitadas em telas frias, mas que pareciam carregar o calor de conversas trocadas ao pé do ouvido.

– Você acha que a gente está se analisando? – perguntou Ana certa vez.

– Ou só tentando entender o que nos faz pulsar? – Natan respondeu.

A conversa ficou suspensa no ar por um momento, enquanto ambos se perguntavam se já sabiam a resposta.

Natan se sentia aliviado ao compartilhar seus gritos internos com alguém que não só compreendia, mas também vivia dilemas semelhantes, ainda que oriundos de naturezas distintas.

Num desses diálogos, Ana comentou sobre a metáfora do buraco. Ela via a análise como uma forma de sondar essas ausências rodeadas de presenças, esses vazios internos que tanto medo causavam. Natan concordava, mas para ele o buraco era mais embaixo: um abismo que ainda não conseguia atravessar.

– Você acha que algum dia realmente conseguimos atravessar nossos fantasmas? – perguntou ele, digitando lentamente, como se cada palavra carregasse um peso imenso.

Ana refletiu por um momento antes de responder.

– Talvez não se trate de atravessar, mas fazer as pazes com eles. Reconhecer que eles fazem parte de quem somos, mas não precisam nos definir para sempre.

A conversa seguiu, tocando em memórias dolorosas e esperanças tímidas. Ambos sabiam que, apesar das diferenças em suas trajetórias, havia uma sincronicidade no que buscavam. A análise, para eles, era mais do que um método: era uma busca por significado, por libertação.

•••

Ana anda de bicicleta pela ciclovia da Rua Professor Moraes, na Savassi, com a cabeça erguida, como quem procura alguma coisa. Lê em uma placa de sinalização urbana: Córrego do Leitão. Aqui passava um rio, pensa. Lembrou de um vídeo antigo de uma de suas aulas que mostrava essa mesma rua da Savassi tempos atrás e ficou curiosa para ver como era o lugar atualmente. Ela para, tira o caderno da bolsa e anota: "Me sinto estrangeira e, ao mesmo tempo, natural deste lugar. É estranho. Nada aqui é meu, nem quero que seja, mas até que ponto precisamos ter algo pra chamar de nosso?".

Mais tarde ela decide ir até o Sebo Isquisto, local em que Gibi guardava todo tipo de livros e antiguidade, em busca de um mapa antigo de Belo Horizonte – de quando a cidade ainda era cortada por rios – e de alguns livros em português. Fica apaixonada pelo sebo, repleto de livros e gatos, algo como um portal que dá para o passado de seus sonhos, permeado de histórias, espaços fechados e memórias inconclusas.

No Brasil, Ana era mais uruguaia do que jamais fora no Uruguai. Parece que durante a temporada na capital mineira ela precisa reafirmar a cada momento sua nacionalidade, sua língua, suas origens e sua identidade. Usa as mesmas roupas de quando está em seu país e não larga sua térmica de mate por nada. Gibi pergunta se ela está namorando com a garrafa embaixo do braço e ela ri. Ana nutre uma admiração inesperada por ele, por aquela figura realmente esquisita, e gosta de sua companhia.

Ela caminha pelas prateleiras de livros, pelo quintal de flores e plantas mortas e pelos cômodos estreitos do local. A livraria lembra algum lugar familiar a ela, mas não consegue se lembrar qual. Ana olha tudo em volta com atenção, ávida por conhecimento e por novas histórias. Sua boca não queima há dias.

Depois de mostrar um mapa de Belo Horizonte de 1964 a Ana, Gibi diz se lembrar de que aquele fora um dos piores anos para o Brasil, o ano do Golpe Militar. Ele conta que era adolescente quando as forças armadas tomaram o poder e foderam com o país por vinte e um longos anos. Ana pega o mapa de Belo Horizonte e observa os traços desbotados com olhos distantes. Ela suspira e começa a falar sobre o que cresceu ouvindo em Montevidéu.

– No Uruguai foi parecido, mas a nossa ferida se abriu em 73. Todos sabiam, mas poucos falavam. Meus pais aprenderam a esconder seus medos atrás de portas trancadas. Quando eu nasci, o período já havia se encerrado, mas ainda era possível ouvir o silêncio pesado se infiltrando em tudo: nas paredes, nos sussurros, no olhar nervoso de minha mãe ao abrir a porta, no jeito cauteloso com que meu pai evitava certas ruas, certos lugares.

Ana se lembra de uma cena de *Uma noite de 12 anos* – filme que conta a história de um grupo de militantes dos Tupamaros, que lutou contra a ditadura militar – e narra a história para Gibi.

– Um grupo de homens é preso em ações distintas e encarcerado, de forma que não possam sequer falar um com o outro. Na cena final, após serem libertados com o fim da ditadura em 1985, todos saem correndo para a liberdade, com exceção de um deles, que permanece lavando a louça do almoço. Um dos homens retorna e o chama para partir, dizendo que estavam finalmente livres, e pergunta por que ele ainda estava lavando a louça. Ao que o homem responde: "*Para los que vengan*".

Gibi termina de ouvir a história de Ana e dá o *play* em seu velho computador na primeira faixa do disco *Clube da Esquina*, "Tudo o que você podia ser", e aumenta o som. Ele põe os pés sobre a mesa à sua frente, encosta a cabeça para trás e acende um baseado. Ana assiste àquela cena como quem assiste a um filme, tomando seu mate. Gibi oferece um trago a Ana, que agradece e diz que está bem, tem que trabalhar mais tarde. Ela enrola um cigarro com tabaco, acende-o e coloca os pés sobre uma cadeira à sua frente. O sebo fica tomado pela fumaça áspera dos dois cigarros acesos e fumegantes.

– Natan é gente boa – diz Gibi, dando um trago no baseado e interrompendo o silêncio que havia se instalado no ambiente.

– Acho que sim – Ana responde.

– A verdade é que ele não faz mal a ninguém, só a si mesmo. Eu não entendo. Não tenho dom para autoflagelo, me parece coisa de romance barato – diz Gibi.

Ana se levanta, caminha até uma estante próxima e pega o livro *Laranjeira em flor*, de Homero Exposito. Abre em uma página e lê um trecho em voz alta, com forte sotaque castelhano: "Primeiro há que saber sofrer, depois amar, depois partir e, ao fim, andar sem pensamento".

O álbum do Clube da Esquina segue tocando no computador de Gibi, que parece discordar da frase que ela acaba de ler e dar mais importância à canção "San Vicente", que sai dos pequenos falantes, ao que Ana diz em portunhol:

– Na casa de Natan tem uma imagem muito estranha, dois homens brigando com tacos de madeira, afundando na lama.

– A vida é uma luta. Mesmo sabendo que todos vamos morrer, temos que seguir lutando. Essa é a graça – diz Gibi, reflexivo.

– Faz sentido – diz Ana.

Ana olha as horas no celular e vê que já é tarde, que havia passado muito mais tempo ali do que imaginava e do que podia. Na tela do celular aparecem duas notificações de chamadas não atendidas, uma de André e uma de Natan. Ela ignora as mensagens e se despede de Gibi com um abraço, agradecendo pelo mapa, pelos livros e pela companhia.

•••

É de manhã e Natan está trabalhando na mesa da sala de estar de Ana, com o mapa de Montevidéu aberto. Vasculha cada meandro cartográfico das rotas que pretende traçar aquele dia, quando percebe a presença de várias formigas pequenas que transitam sobre a cidade em escala diminuta. Ele se lembra de uma frase e escreve com caneta vermelha sobre o mapa de forma desalinhada, acompanhando o movimento dos insetos: "Temos que nos apropriar da cidade com os pés". Natan acompanha, absorto, o caminho que as formigas fazem para se alimentar daquele banquete e pensa: vou por onde essas formigas estão indo, elas devem saber o caminho.

O telefone vibra na mesa, e, ao ver o nome da ex-mulher na tela, ele solta um suspiro antes de atender:

– Oi.

– Natan, você já deu entrada na certidão de divórcio? – A voz dela é direta, quase impaciente.

– Estou em Montevidéu agora, não tive tempo ainda – ele responde, passando a mão pelo cabelo, olhando pela janela para o horizonte.

– Não teve tempo? Isso já passou da hora. Preciso desse documento para seguir com a minha vida.

– Eu sei, Júlia. Vou cuidar disso assim que voltar. – Ele tenta ser firme, mas a culpa no tom dela o incomoda.

– Espero que dessa vez você faça mesmo. Já deu de enrolação.

– Não estou enrolando, só preciso de um tempo.

– O tempo já acabou, Natan. – E antes que ele possa responder, ela desliga.

Em Montevidéu, Natan era mais uruguaio do que jamais fora brasileiro. Ele gosta do estilo de vida, das pessoas, do modo como se comportam em público, da maneira como bebem mate. Faz questão de sempre falar em espanhol, amenizando o sotaque para parecer local, e começou até a se vestir um pouco diferente do normal. Apesar disso, sente saudade de suas corridas matinais no Parque Municipal e, inspirado pelo evento das formigas na mesa e pela ligação de Júlia, decide dar um tempo no trabalho e sair pelas ruas de Montevidéu.

Gosta de correr ao ar livre, respirar o ar urbano da metrópole que de alguma forma serve de combustível para seus pulmões, da mesma maneira que o cigarro serve para os seus pensamentos.

Sem pensar muito, decide ir correndo até o Parque Rodó. Coloca uma bermuda, um tênis, corta-vento e vai cruzando as ruas cheias do centro. Passa pelo *Barrio Sur* e por Palermo e chega ao parque, que fica em uma área residencial descontraída, com um lago para barcos e um parque de diversão *vintage*. Seu complexo também inclui o Museu

Nacional de Artes Visuais, com pinturas uruguaias do século XX e um jardim de esculturas. Perto dali, a Praia Ramírez é cheia de churrascarias com vista para o Rio da Prata e o Teatro de Verano exibe shows de rock ao ar livre e peças no verão.

Natan sente a endorfina liberada pela corrida vibrar por suas veias e fica feliz por estar ali, em um dia comum de trabalho para a maioria das pessoas. Sente vontade de fumar um cigarro, mas decide seguir correndo pelas margens do parque. Enquanto corre, pensa em Maria. Depois pensa em Ana. Depois em Júlia. Os brinquedos imóveis do parque de diversão dão uma sensação de melancolia, como uma breve visita à infância.

Ele pega o celular com a intenção de ligar para Ana, mas somente olha as horas e segue correndo, observando os velhinhos que tomam mate e leem jornal nas margens do parque, sentados em cadeiras de praia multicoloridas. Na tela, vê uma notificação de e-mail de seu chefe e lembra que está muito atrasado com o guia de Montevidéu. Foda-se, pensa, enquanto desacelera o passo da corrida ao chegar à beira de um lago com barcos estilo pedalinho, muito parecidos com os do Parque Municipal.

Apesar de achar meio ridículo, sente uma vontade incontrolável de montar em uma daquelas embarcações engraçadas, que mais parecem um chinelo de dedo. Se aproxima do funcionário encarregado, pega um ingresso e sobe no barco. No meio do lago, liga para Ana, que atende a chamada de vídeo no pátio externo da Escola de Arquitetura, em Belo Horizonte:

– O Rodó é uma cópia fiel do Parque Municipal de Belo Horizonte – diz, sorrindo, enquanto pedala pelo lago.

– Como é? – Ana retruca, rindo.

– Estou com saudade da minha cidade. Como não conseguia trabalhar, estou aqui. Minha tarefa hoje é pensar em motivos pelos quais vale a pena viver. Eu começo: sorvete de chocolate.

– Os dias de maio – Ana responde.

– Pão com manteiga e café – Natan faz a réplica.

– O som do acordeon.

– Boa literatura.

– A risada da minha avó.

– Cinema japonês, literatura russa, cozinha italiana.

– As árvores, os rios e os mares.

– Ver o nascimento de um bezerro.

– Andar de bicicleta.

– Cavalos pastando ao sol.

– Velhinhos fazendo aula de dança.

– Dormir de conchinha.

Ana ri alto e diz:

– Conchinha? O que é isso?

– É um tipo de... deixa pra lá – Natan fala.

– Bom, tenho que voltar para a aula. Falamos em breve. *Besos* – Ana diz e encerra a chamada de vídeo no celular.

6

Já é quase noite quando Ana tenta abrir a porta do apartamento de Natan, de volta de um longo dia de aulas na Faculdade de Arquitetura. Ela se sente cansada e abaixa com dificuldade para recolher alguns papeis que estão espalhados embaixo da porta. Em um dos envelopes lacrados, vê um nome conhecido, que lhe chama atenção, escrito em tinta preta: Dilma Rousseff.

Fica intrigada e decide ligar para Natan e perguntar por que diabos aquele envelope que tem em mãos tem o nome da ex-presidenta do Brasil. Natan atende à ligação de vídeo no notebook e explica que a proprietária do apartamento que ele aluga é Dilma. Ana diz, rindo:

– Então quer dizer que eu estou morando no apartamento da ex-presidenta do Brasil?

– Na verdade, você está morando no meu apartamento, que por acaso eu alugo da ex-presidenta do Brasil – Natan responde, rindo.

– E como ela é? – Ana pergunta, curiosa.

– Provavelmente sei tanto da vida pessoal dela quanto você: quase nada. Nunca nos falamos – Natan responde, rindo.

Ana deixa a mochila em cima do sofá e os outros papeis sobre a escrivaninha de Natan e segue falando com ele no telefone, andando pela casa. Vai até o quarto, deixa o celular apoiado na pequena mesa de cabeceira que fica em frente ao banheiro e começa a tirar a roupa.

Ela para em frente à pia e analisa o seu rosto no espelho. Natan, na tela do telefone, diz, entre a curiosidade e a surpresa:

– Ana... a câmera está ligada, estou te vendo.

Ana segue olhando para o seu reflexo no espelho e, depois de algum tempo, volta até o quarto e pega o celular.

– Essa é a intenção, não? Tive um dia intenso. Vou tomar um banho, você me acompanha?

– Bem, sim... – diz Natan, sem entender nada.

No banheiro, Ana posiciona o celular numa pequena estante de madeira próxima ao chuveiro, de modo que Natan possa ter acesso visual. Ela entra no box e liga a água quente, que em pouco tempo embaça o vidro, formando uma silhueta.

Natan assiste à cena e fica excitado, com vontade de estar lá, naquele banheiro que conhece tão bem. Porém, agora pode ver somente a sombra e os gestos dela e ouvir o som da água que cai macia sobre o piso de louça.

Ana desliga o chuveiro, pega a toalha pendurada sobre o box, abre a porta e começa a secar o corpo com naturalidade. Na tentativa de romper o silêncio um pouco constrangedor, Natan diz:

– Ah, terminei de ler o livro de contos de Peri Rossi.

– E o que você achou?

– Gostei muito, de verdade. Tem algo muito moderno, muito atual – diz Natan.

– Sim, Cristina é incomparável – diz Ana, apoiando o celular sobre a pia e desembaçando o espelho à sua frente.

– Tem uma passagem em especial que me chamou muito a atenção – diz Natan, observando Ana pela tela do celular.

– Conta! – Ana fala enquanto escova os dentes.

Natan abre o livro, lê o título do conto em voz alta e depois o trecho:

> Procura-se.
>
> Não moravam na mesma cidade, mas não achou isso muito importante. A gente escolhe quem ama, não as circunstâncias... Mesmo não viajando com frequência, já tinha feito curtas viagens de trem e gostava da cidade de Cláudia, fundamentalmente porque dava para o mar. A sua só tinha um rio, e não é a mesma coisa um rio e um mar, digam o que disserem. O mar dá uma sensação de espaço, de infinito, e o rio não tem isso.

– As pessoas que vivem nas grandes cidades também se sentem sozinhas. Talvez sejam as que mais se sentem sós. Não têm tempo para se relacionar com os outros, o trabalho e as distâncias absorvem tudo – diz Ana, declamando um trecho do conto de cabeça, enquanto pega o celular da pia e vai até o quarto, enrolada na toalha de banho.

– É isso mesmo. O título do livro por si só já é maravilhoso! *Espaços íntimos*, o que você acha? – diz Natan.

– Acho a intimidade um perigo! – Ana diz, rindo.

– É verdade – Natan fala, enquanto Ana tira a toalha que envolve seu corpo, ajeita o travesseiro e encosta na parede branca da cama dele.

Ana coloca o celular entre os joelhos e Natan vê os seus seios nus pela câmera frontal do celular. Ela acende o abajur ao lado e Natan fica excitado com aquele jogo de sedução. Os dois ficam ali por um tempo, em silêncio, se olhando através das telas como um casal que se prepara para o sexo.

Natan deixa o notebook sobre a cama e acende uma vela na mesa ao lado. Ele se encosta na cama de modo que Ana tenha uma visão mais ampla de seu corpo. O desejo cresce entre os dois, que agora praticamente se tocam pelas telas, mas não se falam, perdidos no silêncio e na ausência das presenças virtuais, tentando preencher a inexistência dos corpos físicos com a imaginação e com a imagem pixelada gerada pelos dispositivos.

Ana fecha os olhos, leva as mãos aos seios e os acaricia; Natan coloca uma das mãos dentro da bermuda e também fecha os olhos. A respiração de ambos fica acelerada e ofegante e eles aproveitam aquele momento intensamente até o gozo. Natan fecha a tampa do notebook sem se despedir; Ana bloqueia a tela do celular. Ela apaga a luz; ele apaga a vela.

•••

Natan fuma um cigarro do lado de fora do Bar Del Cebador, com semblante preocupado; Ana está sentada em um banco em frente à Sorveteria São Domingos, na esquina da Rua Santa Rita Durão com a Avenida Getúlio Vargas, mexendo no celular. É um fim de tarde corriqueiro em Belo Horizonte e em Montevidéu.

Ana espera por Gibi; Natan não espera por nada nem por ninguém. Ele termina de fumar, arremessa o cigarro com raiva no chão e entra no bar.

•••

Sobre a mesa abaixo da janela que dá para a rua, no Cebador, repousa o notebook de Natan e um copo de uísque com gelo suado, pela metade. Natan puxa a cadeira para trás, senta e encara a tela do computador. Abre a caixa de entrada do e-mail e vê que há uma mensagem não lida de seu chefe marcada como "URGENTE". O bar está completamente vazio, como da outra vez que esteve ali.

Ele fecha a tampa do notebook com raiva, olha ao redor e vê que Jorge, o dono octogenário, se aproxima devagar com uma bandeja nas mãos, dois copos e uma garrafa de cachaça brasileira.

– Cachaça? – Jorge pergunta.

– Por que não? – diz Natan.

Jorge enche os copos, brindam e bebem. Natan está cabisbaixo.

– O que aconteceu, brasileiro? – diz Jorge.

– A distância é uma merda, Jorge – fala, enquanto toma mais um gole da cachaça.

– Um dia de cada vez, filho – diz Jorge.

– Acho que estou apaixonado por Ana.

Antes que Jorge fale alguma coisa, Maria aparece na janela do bar e assusta os dois, apoiando os cotovelos no parapeito.

– Achei mesmo que fosse te encontrar aqui! Bela tarde para um *drink*, né? – diz Maria, fitando os olhos de Natan.

– Oi, como vai? – Natan diz, surpreso.

– Jorgito, um copo, por favor – diz Maria, dando a volta e entrando pela porta da frente do bar.

– Tudo bem? – pergunta Maria.

– Tudo... coisas do trabalho – responde Natan.

No momento em que Jorge volta com o copo de Maria, Natan guarda o computador na mochila, se levanta e diz que precisa ir, tem algo importante a fazer.

•••

Gibi chega na Sorveteria São Domingos vestindo uma roupa toda preta e um chapéu à la Don Lockwood e abraça um poste de iluminação simulando a cena clássica do filme *Cantando na chuva*. Ana ri ao ver o teatro improvisado dele.

Os dois entram na sorveteria: ela pede uma bola de sorvete de chocolate e ele uma de doce de leite crocante. Saem e sentam em um banco de concreto que fica colado à parede do estabelecimento.

– Esse sorvete de doce de leite é muito melhor do que qualquer um feito na Argentina ou no Uruguai, ou em qualquer outro lugar do mundo. Você deveria provar – diz Gibi, estendendo uma pequena pazinha de madeira a Ana.

– Obrigado, não gosto de doce de leite – Ana diz.

– Você é estranha. Como fala sorvete em espanhol? – pergunta Gibi.

– *Helado* – Ana diz, rindo.

– *Dale*! E você, quando volta ao país de Mujica? – pergunta Gibi, forçando um espanhol horrível.

– Em breve. Por isso tenho que aproveitar os dias que me restam. E ainda tenho trabalho a fazer.

– E Natan, você tem falado com ele?

– Não muito – ela desconversa. – Tenho que ir à Faculdade para uma palestra. É aqui perto, quer ir? – Ana pergunta.

– Odeio as universidades, *pero* não tenho nada melhor pra fazer. Então vamos nessa! – diz Gibi.

Os dois terminam o sorvete e saem andando em direção à Faculdade enquanto a tarde vira noite. Caminham em silêncio, e, ao chegar no prédio, Gibi diz que tem um compromisso que havia esquecido, uma desculpa inventada para não entrar. Ele tira o chapéu em um gesto solene e exageradamente engraçado e cita Fernando Cabrera, cantando:

> *Un día nos encontraremos*
> *En otro carnaval*
> *Tendremos suerte si aprendemos*
> *Que no hay ningún rincón*
> *Que no hay ningún atracadero*
> *Que pueda disolver*
> *En su escondite lo que fuimos*
> *El tiempo está después.*

Gibi sai dançando e some na escuridão, enquanto Ana assiste à despedida e fica parada na rua, de frente para a Faculdade.

Ao longe, ela vê André, que se aproxima lentamente. Respira fundo e pensa no que irá falar.

– André, desculpe por não te atender. É que eu não sabia muito bem o que dizer.

– Tudo bem, às vezes o silêncio diz mais do que as palavras. Não vai entrar para a palestra? – André responde, polidamente.

– Sim, claro, vamos – Ana diz, entrando na faculdade em direção ao auditório.

O auditório está lotado e os dois são obrigados a ocupar os últimos assentos da última fileira de cadeiras, próximo à entrada, e assistem em silêncio à palestra da noite, uma espécie de conclusão do curso sobre os Rios Invisíveis de Belo Horizonte.

7

Pertencer a um lugar é se tornar parte dele, ser uma continuação de seu entorno. É absorver sua cultura, história e tradição, deixando que esses elementos moldem o sentido de pertencimento. Desse modo, em vez de uma pessoa impor um significado ao espaço, é o lugar que acaba dando sentido à sua vida.

É uma tarde fria e escura em Montevidéu. Natan está envolvido em uma pesquisa para o seu guia na *Ciudad Vieja*. Cansado e sem paciência, ele opta por uma forma de comunicação à moda antiga e decide enviar um cartão-postal à Ana: "Nenhum lugar é uma ilha", escreve no verso do cartão.

A foto que estampa o cartão escolhido por Natan mostra uma imagem da famosa praia de Pocitos. É um postal insosso e impessoal, assim como quase todos os postais, mas Natan decide enviar mesmo assim. Escreve o endereço de seu apartamento em Belo Horizonte, coloca o cartão dentro de um envelope e o deposita em uma caixa de correspondências azul.

Sobe caminhando pela 18 de Julio e cruza por pessoas, automóveis e todo aquele espectro urbano brilhante que agora já lhe parece bem mais familiar. Ele grava uma mensagem de áudio e envia a Ana:

> Nenhum lugar é uma ilha. Nenhum apartamento é seguro, mas deixo sempre minha porta aberta. Tenho uma idade boa, não tenho dívidas, automó-

vel ou seguro imobiliário, mas uma pilha de boletos que repousam sobre a mesa. Entre as notícias do jornal e o barulho estridente e confortável da rua, penso que deixar a porta aberta é quase tão estúpido quanto fechá-la.

Meus pulmões têm a mesma cor do céu de hoje. Queria um dia desses alguém girasse a maçaneta do último apartamento do oitavo andar e levasse tudo: os objetos, as memórias e, principalmente, os boletos. Assim não terei mais CEP, obrigações ou saudade.

•••

Ana está sentada embaixo da grande cruz de metal que é o monumento principal da Praça do Papa, a bicicleta de Natan encostada no chão ao seu lado. Ela admira o mar de prédios do alto, mais ao longe as montanhas. Escuta a mensagem de voz de Natan e lembra do exato momento em que pousou na cidade, daquela sensação. Abre o seu caderno de anotações e lê a frase que escreveu na ocasião: "A melhor sensação do mundo é pousar em um país desconhecido".

Ana suspira, guarda o caderno na mochila, toma um gole de mate e responde Natan com uma mensagem de áudio, um poema que havia escrito recentemente em um momento de epifania:

> A minha ilha tem a porta aberta
> Minha cidade não tem montanhas
> Pelo corredor do passado
> Me afogo sem pressa
>
> Vejo tudo, o teu presente
> A angústia agora
> O oceano que inventei
> Para te dar de presente
>
> Brisa dura, vendaval
> Onde estará aquele sol?

> O mormaço que aquece
> É o mesmo que queima a pele

Ana pega a bicicleta, coloca os fones de ouvido e desce a Avenida Afonso Pena a toda velocidade, até desaparecer.

•••

Separados por quilômetros, continuavam suas conversas virtuais com uma intensidade que surpreendia os dois. A tela fria do celular, ao mesmo tempo que criava uma distância, também parecia um elo que permitia um tipo de proximidade curiosa e inesperada. Ambos tinham consciência que viveram a transição entre o mundo analógico e o digital, e essa transição os afetava de maneiras diferentes.

– A internet aproxima ou afasta? – Natan pergunta com genuína curiosidade.

– Acho que depende de como a usamos – responde Ana, após uma breve pausa. – Mas temos usado mal.

– Como assim? – ele indaga.

– Tudo é achatado. Pense na palavra *feed*, um termo que serve para dizer exatamente que estamos nos alimentando do vazio. Por isso os livros ainda existem.

Natan faz um silêncio curto, assimilando a resposta.

– E, ao mesmo tempo, estamos aqui. Nos conhecendo. Sem a tela, isso seria impossível.

Ana sorri, mesmo que ele não possa ver.

– Sim, mas nada substitui o contato físico, não é?

– Sem dúvida – diz Natan, categórico.

– A era do encontro, de saber quem está ao nosso lado, é do que a gente realmente precisa – completa Ana, encerrando a conversa com ar de reticência.

•••

Ana e Natan começam a fazer as malas com sentimentos controversos em suas cabeças e corações. Ela tira uma foto de sua mala aberta sobre a cama e envia para ele, com a legenda: "Está chegando a hora da partida". Natan, sentado no sofá da sala de Ana, lê a mensagem na tela do celular e responde: "Ou do encontro". Ele coloca o celular no bolso, pega o gravador portátil, a câmera Super 8mm e sai para a rua. No meio do caminho, se depara com uma grande horda de pessoas que descem em marcha pela Avenida 18 de Julio, em direção à Praça da Independência. Aborda uma jovem de mais ou menos vinte anos e pergunta, com o gravador estendido:

– Com licença, o que está acontecendo?

– Lutamos – ela diz, e sai andando e empunhando um cartaz com os dizeres: #ParoNacional e #NiUnaMenos.

•••

Ana acorda tarde e vai até a sala, esfregando os olhos de sono. De pijamas, vê o envelope com o cartão postal que Natan havia enviado de Montevidéu e abaixa-se para pegá-lo. Abre o envelope e fica emocionada ao ver a praia de Pocitos e o céu azul. Vira o cartão e lê no verso a frase que Natan escreveu em português e sua assinatura. "Um clichê que vale a pena", pensa. Fica olhando um tempo a fotografia da praia, quando ouve, ao fundo, buzinas e som de motocicletas que aceleram muito alto. Vai até a janela e vê uma imensa aglomeração de motos descendo a Av. Afonso Pena.

Os motociclistas trafegam fazendo manobras arriscadas com mochilas de bolsas térmicas verdes, vermelhas e roxas nas costas. Vê ao longe uma grande faixa em que se pode ler: Paralisação Nacional dos Entregadores. Deixa o cartão-postal sobre a mesa, pega o celular e a câmera analógica e desce de pijama pelas escadas do prédio, apressada.

De baixo de uma marquise, observa os manifestantes que passam, tentando entender algo em meio ao barulho ensurdecedor do motor das motos. Tira algumas fotos com sua câmera e, quando pega o celular para registrar, Natan liga por chamada de vídeo. Ela atende e a câmera traseira do telefone mostra a grande faixa à frente dos motociclistas: Paralisação Nacional dos Entregadores de Aplicativo - #BrequeDosApps.

•••

Eles não se escutam bem por causa do barulho das manifestações, mas podem ver na tela de seus respectivos celulares que testemunham momentos históricos no país um do outro. Essa interação dura algum tempo, com Natan se movimentando entre os manifestantes uruguaios e Ana filmando as motos que passam em frente ao prédio de Natan.

Entre vídeos tremidos e angústia, eles encerram a ligação. Natan se desvencilha dos manifestantes e desce por uma rua perpendicular em busca de um pouco de ar. Acende um cigarro e manda uma mensagem de texto para ela: "Que loucura!".

Natan pensa que, diferente dos brasileiros, os uruguaios são extremamente engajados politicamente. Ana pensa a mesma coisa, enquanto sobe pelo elevador até o apartamento de Natan e lê a mensagem dele na tela do celular.

8

O corpo é um continente da mente, onde cada músculo, cada célula conta histórias antigas e segredos profundos, cartografando a jornada de uma alma em busca de compreensão e transcendência.

Os reflexos da cidade incidem sobre Natan, apresentando uma Montevidéu que acolhe como o abraço de um velho amigo, com seus braços estendidos de mar e céu. Ele caminha pelas ruas estreitas e sinuosas, onde o vento carrega histórias de gerações passadas, sussurrando segredos em seu ouvido. As fachadas coloridas das casas desgastadas pelo tempo refletem a beleza melancólica da cidade. É como se Montevidéu fosse uma pintura impressionista, cada pincelada capturando a essência de uma emoção que flutua no ar.

O rio brilha sob o sol da manhã, suas águas cinzas dançando ao ritmo do vento. Sentado na *Rambla*, ele observa a sinfonia natural que ressoa dentro de si e compartilha intimamente a arquitetura sonora e visual da metrópole ao redor. Cada onda é uma mensagem, um eco de algo maior que ele mesmo. Ali encontra uma paz que não sabia que existia, uma serenidade que só a proximidade com o mar pode proporcionar.

Na casa de Ana, sente sua presença em cada canto. Suas escolhas de decoração, as linhas limpas e as formas ousadas revelam uma mente criativa e audaciosa. As fotografias realistas nas paredes são janelas para seu mundo interior, cada uma contando uma história que ele anseia compreender. Se perde nas cores e nas formas, tentando decifrar os segredos que elas guardam. Sente como se estivesse explorando um território desconhecido, cada descoberta o aproxima mais dela.

As noites em Montevidéu são um espetáculo à parte. As estrelas brilham intensamente no céu limpo, e a cidade se ilumina com um brilho suave e dourado. Ele caminha pelas ruas tranquilas, na maioria das vezes sozinho e sem rumo, sentindo o pulsar lento da vida que acontece alheia à sua vontade. É uma cidade que respira calma e profundidade, um lugar onde cada momento pode ser saboreado sem pressa. Existe agora uma conexão com algo maior, como se aquele entorno o estivesse acolhendo em seu peito silencioso.

O tempo escorre lento e deságua doce e contemplativo, com visitas a mercados locais, onde os aromas de especiarias e frutas frescas se misturam no ar. Conversas despretensiosas com os moradores, sorrisos francos e gratuitos, vozes carregadas de uma gentileza que aquece o coração.

Quando volta para a casa de Ana, senta diante do computador e escreve para ela. Descreve suas descobertas e reflexões, tentando capturar em palavras a essência do que estava vivenciando. As respostas dela chegam como uma brisa suave, carregadas de suas próprias descobertas e reflexões sobre Belo Horizonte.

As mensagens trocadas e telefonemas são pontes que conectam aqueles mundos ávidos e semicolapsados, cada palavra um tijolo construindo uma relação mais estreita a cada dia.

Montevidéu se tornou um espelho de mim mesmo, refletindo buscas infinitas e questionamentos insolúveis. Aqui, encontrei um pedaço de mim que estava adormecido, uma calma que só a distância e a introspecção podem proporcionar. E, através dos olhos de Ana, redescobri a beleza, que agora vejo com uma nova disposição. A volta para o meu Belo Horizonte é um compromisso; a vontade de voltar, talvez não, pensa Natan.

•••

O que muda quando mudamos? Quando saímos do nosso lugar de origem, aquele que nos permite nos reconhecer como quem somos?

Em Belo Horizonte, Ana ouvia o eco das montanhas como quem recebe um abraço cálido em um cerco protetor. O ar é carregado de uma energia vibrante, uma promessa de descobertas, aventuras e até desalentos providenciais. Ela caminha pelas ruas largas e movimentadas, onde o ritmo frenético da vida urbana se mistura com a tranquilidade dos parques e praças. Na visão dela, é uma cidade de contrastes, onde a modernidade e a tradição se encontram em uma dança harmoniosa.

Na casa de Natan, se vê cercada por suas palavras e memórias. Seus livros são portais para outros mundos, e cada música que ouve vira trilha sonora de momentos passados. As plantas que adornam a sala parecem sussurrar segredos, suas folhas verdes brilhando sob a luz suave do sol. Sente mais a falta do que a presença de Natan em cada detalhe, sua essência impregnada nas paredes e nos objetos que escolheu com cuidado.

São manhãs banhadas por uma luz dourada que suavemente ilumina as ruas, edifícios e seus pensamentos. Caminha pelo centro da cidade, onde a arquitetura moderna se ergue orgulhosa ao lado dos prédios históricos. A Praça da Liberdade, com seus jardins bem cuidados e fontes borbulhantes, é um oásis de calma no coração pulsante da cidade. Depois que terminou as aulas na Faculdade de Arquitetura, procurava sempre um banco qualquer para se sentar e observar as pessoas passarem, cada uma com suas histórias e sonhos. Decifrava cada ser silenciosamente e gostava daquela brincadeira interna. Conversava com vendedores de quinquilharias no centro e adorava suas vozes carregadas de um sotaque melodioso que aquecia a alma. Cada interação revelava uma nova camada da cidade que se desdobrava diante dela.

À noite, a cidade se transforma em um espetáculo de luzes e sons. Os bares e restaurantes se enchem de vida, a música ao vivo ressoando pelas ruas. Ana escolhe sempre a esmo um boteco qualquer, pede uma cerveja e alguém puxa assunto para parlamentar amenidades. Enquanto fica ali, escreve para Natan e descreve suas aventuras do dia, reflexões sobre suas alegrias e dores. Suas respostas chegam às vezes como pontos de interrogação, outras como imperativos ou superlativos. As mensagens trocadas por eles são fios de uma teia invisível que vão unindo os corpos distantes, cada palavra um passo mais perto de uma compreensão mútua.

Os dias se transformam em uma dança de luz e sombra, onde cada momento é uma oportunidade de crescimento e autodescoberta. A conexão com o mundo ao redor, mais consciente das pequenas belezas e das grandes verdades. Belo Horizonte e Montevidéu se tornaram dois lados de um espelho, refletindo não apenas suas cidades, mas também suas presenças entrelaçadas.

9

Há uma rachadura em tudo. É assim que a luz entra. No hino de Cohen, os pássaros cantam no romper do dia, ou daquilo que está por vir. É a manhã derradeira de Ana no Brasil e de Natan no Uruguai. Ela acorda cedo, senta-se na escrivaninha de Natan e liga para ele, que permanece dormindo e não atende. Motivada por um sonho que teve na noite anterior, Ana envia uma mensagem de voz para Natan:

> Ontem sonhei que estava na Praça da Liberdade à noite, sentada em um banco de ferro com pintura descascada. No banco tinha uma gravação dessas que fazem nas árvores como prova de amor: um coração cortado por uma flecha, dentro dele escrito "Eu" de um lado e "Você" do outro. Achei bobo e bonito – porque, sim, eu acho que coisas bobas podem ser bonitas. Surgiu de súbito uma lua imensa, meio amarelada, mas a lua não estava no céu, estava praticamente sentada no banco à minha frente. Depois você apareceu do nada com uma faca e cortou um pedaço da lua. E falou que na verdade aquilo não era a lua, mas um grande queijo da Serra da Canastra que havia pousado em BH. Você me deu um pedaço do queijo e comemos juntos, enquanto ríamos tanto que chorávamos.

•••

Ao acordar, Natan esfrega os olhos, pega o celular na mesa de cabeceira e ouve a mensagem de Ana antes de se levantar. Toma banho e pega uma calça e uma camiseta pretas na mala, que segue aberta ao lado da cama. Se veste com preguiça e senta na cama, tentando adiar o momento da partida e pensando em como irá responder o áudio dela.

Vai até a sala e abre o computador para checar o horário de seu voo: 17h30, de acordo o bilhete digital. Ele olha a caixa de entrada do e-mail e clica sobre o título "URGENTE" para ler a mensagem de seu chefe, de dois dias atrás:

> *URGENTE | Guia Montevidéu*
> *Caixa de entrada*
> *x*
> *Washington Silveira <wash@jornaldatarde.com>*
> *seg., 29 de jun. 08h28 (há 2 dias)*
> *para mim*
>
> *Natan,*
> *O Guia foi cancelado, assim como o seu contrato.*
> *Desculpe.*
>
> *Atenciosamente,*
> *Washington Silveira*
> *Chefe de Redação*

•••

Ele passeia pelo apartamento dela; ela passeia pelo apartamento dele. Os dois vasculham cada pedaço ainda não explorado das casas um do outro e relembram os momentos que viveram ali ao longo dos últimos trinta dias. Um sentimento ao mesmo tempo alegre e triste toma conta deles ao olhar livros, fotos, objetos e todas as coisas que não lhes pertencem, mas agora são parte de suas memórias.

•••

No último e-mail antes de seu retorno, Ana escreve:

> Querido Natan,
>
> Essas semanas em Belo Horizonte foram como um sonho, uma jornada que me levou a lugares dentro e fora de mim que eu não sabia que existiam.
> A cidade, com sua alma vibrante e paisagens desconcertantes, me acolheu como uma velha amiga. E sua casa, com todas as suas histórias e memórias, tornou-se um refúgio onde encontrei pedaços de você em cada canto. Nossas jornadas foram dois lados de uma mesma moeda, linhas que formam um só horizonte.
>
> Com carinho,
> Ana

Natan responde:

Querida Ana,

Montevidéu foi um renascimento para mim. Me fez questionar e redescobrir partes que estavam adormecidas. Sua cidade foi um santuário de inspiração, um lugar onde encontrei paz e me fez vibrar em sentimentos conflitantes. Sinto que este é apenas o começo.

Um beijo,
Natan

•••

Ana pega a mala, a mochila, a cuia de mate, a garrafa térmica e o cartão postal que Natan enviou de Montevidéu, mas se detém por um momento e deixa o cartão em cima da escrivaninha.

Antes de sair pela porta do apartamento, olha para a cozinha de azulejos azuis e vê as mesmas maçãs do dia que chegou, agora podres, na fruteira. Fecha a porta e caminha até o elevador. Pressiona o botão para acioná-lo, mas não espera: prefere descer os oito andares pelas escadas, apesar do peso da bagagem.

Ao chegar no térreo, se despede do porteiro e entra no banco de trás do táxi em direção ao aeroporto. Coloca os óculos escuros, o fone de ouvido e olha pela janela de vidro, as paisagens correndo feito uma maratona em sua cabeça. No longo caminho até o aeroporto, pensa em Natan. Pensa também em André, em Gibi e nos dias que passou em Belo Horizonte.

•••

Natan segue sentado no sofá da sala de Ana, incrédulo, puto da vida e pensando no que irá fazer quando chegar ao Brasil agora que perdeu o emprego. Pensa em ficar, mandar tudo às favas e se mudar para Montevidéu.

Vai até o quarto, fecha a mala e a arrasta até a sala. Coloca na vitrola o mesmo disco do dia de sua chegada, dos Olimareños. Abre a mala na sala e tira de dentro dela a cuia de mate. Fica olhando para o objeto um tempo sobre a mesa de centro. Nervoso, decide ir até a cozinha e toma uma dose de uísque puro. Pega a garrafa e sai do apartamento de Ana, deixando a porta aberta.

•••

Em breve, ambos iriam embarcar em seus respectivos voos, ansiosos e apreensivos. Cada minuto se arrastava e o destino estava prestes a cumprir sua promessa. O tempo deslizava como um transatlântico ao longe, que parece pequeno, distante e vagaroso. Porém, para quem está embarcado, o vento no rosto e o mar revolto revelam a pressa invisível das águas, a urgência das marés e a velocidade que só se sente quando se está realmente dentro de algo. Era assim que eles se sentiam nos últimos momentos a bordo de suas aventuras.

10

Sozinho, sentado na areia gelada da praia com a garrafa de uísque pela metade afundada na areia, Natan olha para o mar, mas não consegue enxergá-lo muito bem. O entorno de sua íris está embaçado e turvo. O sol arde sobre a sua cabeça. As ondas quebram espessas feito bombas arremessadas do alto, como num filme de guerra em preto e branco. Natan percebe um grupo de homens que se aproximam falando gírias e um castelhano rasteiro, de modo que ele não consegue compreender o que eles dizem.

Um dos homens tem um cano de ferro nas mãos e o outro um soco inglês. O homem do soco inglês domina Natan com um mata-leão, o outro o golpeia na perna com o cano e um outro ainda desfere uma feroz joelhada em seu nariz. Eles levam o celular, a carteira, os óculos e a garrafa de uísque. Natan fica nocauteado na areia, sangrando, até desmaiar.

Ao acordar, depois de sabe-se lá quanto tempo, cospe a água morna e salgada que lhe sufocava a respiração e recobra o ar. Com uma dor de cabeça horrível e o gosto de sangue na boca, ele engatinha de novo em direção ao mar. A água fria provoca um choque térmico e um *flahsback* que o faz lembrar de sua infância, de sua mãe, de seu pai, de sua ex-mulher e da piscina vazia no quintal de sua avó. Tudo ao mesmo tempo, sem ordem cronológica: um devaneio surrealista em direção à clarividência.

Com a água do mar na altura do peito, ele mergulha na esperança de nunca mais voltar. Abre os olhos e vê o verde-esmeralda dançar na sua frente, as frestas de luz penetrando na sua alma. Pensa que ali talvez seja o mais próximo de casa que já se sentiu. Natan emerge e boia por alguns instantes na superfície. Sente uma paz terrível, um momento luminoso que ele deseja que dure para sempre, até que uma onda forte quebra em sua cabeça e o tira do transe que parece ter durado horas, como um despertador que toca alto avisando a hora de se aprontar para um compromisso inadiável.

É arrastado para a areia e sai do mar com dificuldade. Leva uma das mãos ao nariz ainda sangrando e sai se arrastando pela areia até a parte da calçada de concreto para sentar-se sobre a mureta. Um homem se aproxima e pergunta se está tudo bem. Ele diz que sim com um gesto de cabeça meio incerto e pergunta que horas são: "4h45", o sujeito responde.

Natan respira fundo e olha novamente para o mar à sua frente. Pensa em transformar as experiências do período de Montevidéu em um livro: *A história de minha trama ociosa em uma vaga ansiedade*. Imagina que este seja um bom título e sai caminhando trôpego pela orla.

•••

Ana chega no Aeroporto Internacional de Belo Horizonte com sentimentos controversos. Antes de descer do táxi, respira fundo e diz para o motorista dar meia volta, retornar para o mesmo destino de origem, na Avenida Afonso Pena. Aliviada, dorme boa parte do trajeto e, quando desperta, já está novamente na portaria do prédio de Natan: decide esperar por ele em sua casa, como uma carta esquecida na caixa de correio, aguardando para ser lida.

Perdeu o voo, mas ganhou a coragem de ficar: se é no outro que nos reconhecemos, acho que gosto de mim. Porque gosto muito do outro.

•••

Natan está na sala do apartamento de Ana, estirado no chão, como quem encena um teatro para plateia nenhuma. Lembra da imagem que viu no Aeroporto Internacional de Carrasco, quando chegou em Montevidéu: MUNDO, BIENVENIDO A URUGUAY. Ana, bem-vinda à casa, pensa.

Ele está apreensivo pela chegada dela e feliz por ter perdido o voo, feliz por ter ficado. No final das contas, imagina que aquela obra do acaso foi, na verdade, uma escolha do destino, que sorri para quem dança ao som do imprevisível. A possibilidade de conhecer Ana pessoalmente alegra seu coração e arranca um riso de canto de boca de Natan. Ele acende um cigarro ainda deitado e fica à espera. Dorme um sono profundo e, ao despertar-se, não vê nem sinal dela.

Sente o corpo doer, como se tivesse consciência de todos os órgãos vibrando dentro da pele. O gosto de ferro na boca. Se levanta com dificuldade, vai até a cozinha, abre a torneira e toma água da pia fazendo uma concha com as mãos. Não tem mais celular nem documentos, mas tem a surpresa do encontro à espreita, uma nova disposição do que está por vir.

Abre o computador sobre a mesa e vê várias notificações piscando no aplicativo de mensagens. Era Ana, um pouco preocupada, perguntando como ele estava, se havia chegado em Belo Horizonte e por que não respondia.

•••

Na sala do apartamento de Natan, ela segura uma cuia de mate já frio, seus olhos vagam pelos objetos agora conhecidos. Estava animada para surpreendê-lo, mas ao abrir aquela porta sentiu-se perdida, como se sua surpresa tivesse se virado contra ela. Suspira e olha o celular. Há horas que ele não responde. De repente, o telefone vibra e o nome de Natan aparece na tela. Ela desbloqueia o celular e responde prontamente.

– Natan, está tudo bem? – pergunta, tentando conter a ansiedade.

– Sim, quer dizer, mais ou menos. Onde você está?

– Estou no seu apartamento, em Belo Horizonte – ela responde, hesitante. – E você?

Ele demora um pouco para responder e Ana encara a tela: *digitando...*

– Estou no seu, em Montevidéu.

Ana arregala os olhos e começa a rir, um riso cheio de surpresa e ironia.

– Você só pode estar brincando. Uma grande surpresa, só que ao contrário! – ela diz.

– Parece que sim. – Ele também ri enquanto digita no computador, um riso misturado com alívio. – Queria te fazer uma surpresa.

– E eu achei que você estaria aqui quando eu chegasse. – Ana sorri, sentindo uma estranha felicidade ao saber onde ele estava. – Mas acho que conseguimos nos desencontrar de forma perfeita.

– É verdade! E agora? O que fazemos?

Ela olha ao redor do apartamento dele, o cheiro familiar do mate misturado com o aroma de um incenso queimado pela metade. Há um desejo crescente de vê-lo logo.

– Que tal um encontro no meio do caminho? – sugere ela, meio brincando. – Ou melhor, talvez eu deva voltar para Montevidéu. Esse foi o plano desde o começo, não é?

Ele hesita por um momento, mas concorda:

– Pode ser. Mas talvez eu também deva voltar para Belo Horizonte.

Ela sente uma calma inesperada se espalhar por seu corpo.

– Eu posso ir a Montevidéu no próximo voo – diz ela, sincera. – A segunda melhor sensação do mundo é voltar. E agora parece que tenho duas casas.

Ele suspira aliviado.

– Então, venha. Desta vez não haverá desencontro.

Ana sente uma onda de alegria e alívio.

– Estou a caminho – responde, decidida. – Ferva água para o mate.

Ana sente um calor no peito ao pensar na jornada de volta para Montevidéu, para o apartamento que se tornava agora um lugar ainda mais especial. Enquanto pega suas coisas, pensa que o caminho de volta também é um caminho para frente.

•••

Em Montevidéu, Natan fecha os olhos e respira fundo, sentindo a brisa fresca entrar pela janela. Um alívio cálido o invade, como se uma peça importante de um quebra-cabeça finalmente tivesse encontrado seu lugar. Olha ao redor e percebe como o apartamento dela já parece mais vivo com a iminência de sua presença, como se ele fosse uma extensão de sua própria casa, um reflexo de suas próprias buscas.

Naquele momento, ambos sabem que os caminhos foram traçados com uma pitada de caos e um toque de ironia. Ana parte novamente rumo ao aeroporto de Belo Horizonte; Natan espera por ela em Montevidéu, sentindo a estranha e doce certeza de que, por fim, estarão exatamente onde devem estar: em qualquer casa, em qualquer cidade, em qualquer parte do mundo onde exista o desejo de inventar novos começos.

Tela

preta.

Conselho editorial: **Alencar Fráguas Perdigão** e **Cláudia Masini**
Editores: **João Camilo de Oliveira Torres**, **Guilherme Coelho** e **Bruna Fortunata**
Tecnologia de informação: **Alessandro Guerra**
Revisão: **Guilherme Coelho**
Capa e Projeto gráfico: **Santiago Régis**

Nesta edição, respeitou-se o Acordo Ortográfico da Língua Portuguesa de 1990, que entrou em vigor no Brasil em 2009.

Avenida Cristóvão Colombo, 519, sala 606, Savassi
30.140-906, Belo Horizonte - MG
(31) 3141-1256
www.quixote-do.com.br
instagram.com/grupoquixote

Catalogação na publicação
Elaborada por Bibliotecária **Janaina Ramos** – CRB-8/9166

M972p

Murad, Ricardo

Paralaxe / Ricardo Murad. – 1. ed. – Belo Horizonte: Quixote, 2025.

160 p.; 13,5 X 20,5 cm

ISBN 978-65-986627-7-6

1. Romance. 2. Literatura brasileira. I. Murad, Ricardo. II. Título.

CDD 869.93

Índices para catálogo sistemático:
I. Romance : Literatura brasileira

FSC
MISTO
Papel
FSC® C092828

2021
CARBON NEUTRAL
SAVE

1 edição 2025

Esta obra foi composta em Haskoy e em
papel Chambril Avena 80g na Artes Gráficas
Formato para o Grupo Editorial Quixote.